河出文庫

大河への道

立川志の輔

河出書房新社

大河への道◇目次

大河への道

プロローグ

二〇一〇年三月二十日の朝、千葉県香取市役所は歓喜に包まれた。

総務課でも商工観光課でも、出勤した職員たちは笑顔で新聞を囲んだ。

千葉日報をはじめとする各紙には、次のような文字が躍っていた。

「伊能忠敬《いのうただたか》資料、国宝に！」

この地に深いゆかりのある伊能忠敬が、七十三年の生涯のうちに遺した地図、文書や記録、書状、測量器具など、香取市が所有する「伊能忠敬関係資料」全二三四五点が国宝に指定されるというのだ。

それはまさに香取の悲願だった。

忠敬の偉業とその生涯に関する資料を、二百年にもわたって大切に守り続けてきた伊能家の人々。

寄贈された資料群の価値を高く評価し、保存、公開に努めてきた香取市。

双方の長年にわたる尽力のたまものだった。

伊能忠敬に関する資料群は、まず一九五七年に二一五点が重要文化財に指定され、二〇〇九年には、さらに二〇〇〇点が追加で指定されていた。

そのため「もともと重要文化財に指定されていたものが国宝に昇格しただけだろう」などとまぜっかえす者もいたが、それが壮挙であることに違いはなかった。

建造物や美術工芸品なら、国宝に指定されたものは全国で一〇〇〇点を超える。

しかし「歴史資料」に関する国宝は、それまで「慶長遣欧使節関係資料」（仙台市博物館）、「琉球国王尚家関係資料」（那覇市歴史博物館）の二点しかなく、そこに香取市の「伊能忠敬関係資料」が肩を並べたのである。

そして三ヶ月後、「伊能忠敬関係資料」の国宝指定が正式に公示された。

記載された解説文には次のように書かれていた。

「伊能忠敬は、わが国で最初に全国を対象とした実測図を作成した測量家として著名である。上総国山辺郡に生まれ、十七歳の時に下総国香取郡佐原の伊能家に婿入りした。五十一歳にて隠居を許されると、幕府天文方高橋至時に入門し天文暦学、測量学等を学習し、その後、十七年間、計十次にわたって測量隊を統率して全国測量を実施。各次調査後に実測図を作成した。これらの測量図は「大日本沿海輿地全図」としてまとめられ、幕府に上呈された。それは前近代における唯一の全国測量図であり、明治時代前期には国土の基本図として複数の行政機関において写本が作成されその利用に資された」

こうして、伊能忠敬の功績が改めて国により評価されたことで、その人物像と香取市への関心は一気に高まった。

テレビでは伊能忠敬を取り上げた歴史番組が次々と放映される。

新しい国宝の展覧会が日本各地で開かれ、歩測体験会や地図作りイベントに多くの子供たちが詰めかけた。

　そんな機運に乗じて、香取市にはどうしても達成したい、もうひとつの悲願があった。

平成の伊能隊

1

大会議室の窓からは晴れた日なら遠く筑波山が見渡せる。だが冬のこの時期に、そんな日は滅多にない。

池本保治が香取市役所に就職してもう三十年以上になる。若い頃は青空に真っ白な雲がうれしかったが、総務課主任として五十歳をはるかに超えた今、快晴でも雨空でもない、今日のようなくすんだ曇り空が、自分の性に合っているような気がして、すぐ脇の窓をぼんやりと眺めていた。

「では時間になりましたので始めさせていただきます」

商工観光課長、小林永美がマイクを片手に立ち上がった。

集まった四十人ほどの職員たちの話し声が止み、みな手元の資料に目を落とす。

〈第二回千葉県観光客倍増計画案策定に向けての香取市としての対策会議〉

表紙には長ったらしいタイトルが書かれている。

「先だってもご説明いたしましたが、県のほうより、全県を挙げて観光客誘致に動き出すべく、各市町村ベースで具体案を提出するようにとの通達がありました。よって前回に引き続きお集まりいただいている次第でございますが……」

銀縁のメガネの奥から、小林は参加者を見回した。この会議には、各課から二名ずつの参加が義務付けられていた。

「前回の会議で各課アイディアをお出しいただきたいとお願いしたにもかかわらず……これといったご意見もないようですので、私ども商工観光課の素案ベースで県に提出したいと、そのように考えております」

小林が合図をすると、商工観光課の若い職員が正面のスクリーンに香取市佐原の風景写真を映し出した。

「えー、つまり、ここは奇を衒《てら》うことなくですね、やはりわが香取市が誇る『小江戸』、『江戸優《まさ》り』と言われる町並みの素晴らしさを改めてアピールすること。そして『佐原の大祭』を青森のねぶたのように盛り上げていくこと」

スクリーンの映像が変わる。市の中央を流れる小野川沿いを、和服を着た若い男女が歩く姿が映っている。

「例えば、これらを江戸時代の服装で楽しめるようにして、校外学習層、インバウンド層などに、体験型アトラクションとして訴求する、と」

ぷっと小さく吹き出したのは、一番後ろでスマホをいじっていた総務課の木下浩章だった。

「それって江戸村ですよね」

スマホに目を落としたまま、隣の池本に声をかける。とにかくこの男は、ことあるごとに余計なひと言を口にするところがある。

あわてて睨みつける池本だが、幸い小林には聞こえていないようだ。

「例えばこの映像のようにですね、小野川沿いの道を江戸体感ストリートとしてアピールしたり」

「だから、それなら日光行っちゃいますよね」

「声、大きいって……」

懲りない木下を肘で突ついたとき、池本は不穏な気配を感じた。

目を前に向けると、眉を吊り上げた小林が近づいてくるのが見えた。

「池本主任、総務課として何かおありですか？」

「あ、いえ、別に……」

「何かディスカッションされているようでしたので」

「いや……そんなんじゃなくて」

と、横目で木下を見ると、知らん顔で窓の外に目をやっている。

「ちゃんと言ってください。そういうの気持ち悪いんで」


「……しっ」

「いえ、本当に何でもないんです……」

ヒステリックな教師がデキの悪い生徒を叱っているような図に、周囲から失笑がもれる。

「言やあいいじゃないか」

会議室の端から冷やかしたのは、池本と同期の西山元彦だった。

世渡りだけで企画調整課長に出世して、自分を勝ち組だと思っているイケ好かない野郎だ。

「池本主任、言ってください」

小林から追い打ちをかけられ、なんとかその場しのぎの案を、と頭の中を探った時、ふと会議室の前の廊下に貼られている色褪せたポスターが目に入った。

〈受信料はお早めに〉

「大河とか……」

次の瞬間、声がもれていた。

「は?」

「いや、大河ドラマとかどうですかね？　NHKの大河ドラマで取り上げてもらうっていうのは」

「大河ドラマ？　誰のですか？」

「そりゃあ……わが郷土の英雄っていったら、忠敬《ちゅうけい》さんしかいないでしょう」

当然のように池本は言い放った。

香取ではこの地元の偉人「伊能忠敬」のことを親しみを込めて「忠敬《ちゅうけい》さん」と呼ぶ。そして池本にとっては幼い頃から、それは歴史上最大のスターだった。

しかし池本の意に反して、出席者たちの反応は薄かった。

「大河ドラマなんて一年きりのその場しのぎだろう」

「第一、合戦がないよ、合戦シーンが」

そんな声に押されたわけでもなく、もちろん池本の提案など無視し、小林はさっさと議事を進めた。そして予定通り観光課の素案が承認され、会議は終了した。

「主任、グッジョブ！」

他の参加者に遅れて大会議室を出た池本に、木下はぐいと親指を立てて見せた。

池本より二十も歳下だが、五年前に都市計画課から総務課に異動してきて以来、どういうわけか池本になつき、事あるごとに「主任、グッジョブ」と親指を立てる。

「グッジョグッジョうるさいよ！　だいたいな、おまえが余計なことを言うから」

「いやいや、でも大河ドラマはいいアイディアですよ。ご当地映画で観光客が倍増なんて話、よく聞くじゃないですか。映画だったら上映されるのはせいぜい一ヶ月くらいだけど、大河だったら一年間毎週ですもんね」

「だよなあ、けど、どうしてなんだろうな……」

「何がですか」

「なんで忠敬《ちゅうけい》さんは大河ドラマにならないんだろう……」

「さぁ……」

大河ドラマというのは、池本の口からとっさに出たものだったが、単なる思いつきというわけではない。

動きはこれまでにも何度かあった。香取市のみならず、千葉県、伊能忠敬の研究者たち、地元の顕彰会などが積極的にＮＨＫに働きかけたこともあった。

だがその悲願は未だに実現していない。

「だってさ、日本で初めてちゃんとした地図を作った人だよ」

「日本中で名前を知らない人いないですよね。教科書にも載ってたし」

「だろう」

「なんか、向いてないんですかね、大河ドラマに」

「なんかって？」

「いや、わかんないすけど」

「だったら、いちいち気になるようなこと言うな」

ところが、その数週間後、急に潮目が変わった。

あの文化審議会の答申が出たのだ。

「伊能忠敬関係資料、国宝に！」

全国的な注目が伊能忠敬と香取市に集まり、そんな上潮に乗ろうと、伊能忠敬の大河ドラマ化案が市の上層部で持ち上がった。

二ヶ月後には、市役所内に〈伊能忠敬大河ドラマ推進プロジェクト〉が立ち上がり、企画調整課長の西山がそのリーダー役を命ぜられた。

今や日本中、どこの自治体も地域活性化と結びつけた大河ドラマ招致運動を行っていて、西山が調べると、三十を超える人物の売り込みがあるらしい。

熊本の加藤清正、長野の保科正之、三重の藤堂高虎。

茨城の剣豪・塚原卜伝、高知のジョン万次郎。

あの国民的民放ドラマでおなじみの「水戸のご老公」の売り込みもあるらしい。

いずれも強敵に思えたが、しかし伊能忠敬には他の人物にはない強みがあった。

五十歳を過ぎてから歴史に名を残す偉業を成し遂げた伊能忠敬は、まさに「中高年の星」。

老後をどう生きるかが大きな問題となっているこの超高齢社会において、伊能忠敬ほど現代に通じるテーマを持った人物はいない。

そこを武器に香取市の大河プロジェクトは、企画書作り、地元の顕彰会との連携、市民への署名活動と積極的に動いた。

しかしそんな中、翌年の三月、東日本大震災が起きた。

香取市も地震とそれに伴う液状化により、甚大な被害を受ける。

〈伊能忠敬大河ドラマ推進プロジェクト〉は活動を中断せざるを得なくなった。

新たな大河プロジェクトがスタートしたのは、震災から一年後の二〇一二年四月のことだった。

前回の活動はＮＨＫに正式な形で提案する前に止まっていた。このまま撤退すればそれまでかけた経費が全くの無駄になる。かといって、震災前ほどの人員も予算も割けない。結果はどうあれ、最終的な企画書をまとめてＮＨＫに提案する。プロジェクトの再開は、多くの職員の目に「形作り」「敗戦処理」と映った。

そしてそのリーダーに選ばれたのは、なんと池本だった。二年前の会議での「大河発言」が格好の理由となったわけだが、池本は内心、意気込んでそれを受けた。自分こそその任に相応しいと、密かに思っていた。

ただしプロジェクトのメンバーは彼の他にたった一人、あの総務課の部下、木下だけだった。何と本人が希望したのだ。

市役所五階の小さな会議室に、デスクと電話を二つずつ、それと打ち合わせ用のテーブルを一つ入れた。そこを城として、二人きりの〈伊能忠敬大河ドラマ推進プロジェクト〉が動き始めた。

以前目標にしていた二〇一五年の大河を狙うには一年のブランクは大きすぎた。そこで新プロジェクトは二〇一八年の大河を新たなターゲットに据えた。その年はちょうど伊能忠敬没後二百年の節目の年にあたっていた。

それとて他の招致活動から遅れを取っていることに違いはない。

とりあえず池本は、東京のテレビ制作会社に勤める藤田という大学時代の同級生を訪ねた。

「まあ確かに大河の売り込みは、全国からかなりの数が来てるって聞くけどな」

「そうなんだってなあ」

「ずいぶん金をかけてるところもあるらしいぞ？　地元で派手にイベント打って盛り上げて、市長以下、五十人くらいが揃いの半被《はっぴ》を着て、企画書渡しにＮＨＫに乗り込むとかな」

「へーっ」

「まぁ結局はその企画書の中身だけどな」

「企画書……」

「敵が興味を惹くような目玉があればいいんだけどなあ……」

「目玉ねえ……」

「例えば……全話分のプロット、つまりあらすじをつける、というのはどうだ？　そこまでやってるのはなかなかないぞ」

「全話、というと……」

「一年間で……まあ、五十話かな」

五十という数にポカンとしながら、池本はうなずくしかない。

「全部のダイジェスト的なあらすじよりは、すごさが出ると思うよ。まあ、五十話は大変だけどな」

「え？　まさか、それ俺が書くんじゃないよね？」

「バカ。誰か脚本家に頼むんだよ」


数日後、藤田は候補となる脚本家をリストアップして送ってくれた。

千葉県出身のベテラン、大河ドラマを何本も執筆している大御所、最近連続ドラマで視聴率をかせいでいる若手脚本家……。藤田に勧められるままに、池本はテレビドラマも山ほど観た。

その中から池本が選んだのは、候補の中で一番名前の知られていない、三十五歳の脚本家、加藤ひろしだった。

「誰ですか、それ」

木下は顔をしかめる。

「もっと、みんなが知ってるような人の方がよくないですか？」

「そうなんだけどな……」

「ああ……予算ないですしねえ」

「いや、なんというか……例えば、自動販売機に金だけ入れれば、ゴロンと商品が出てくるような、そういうのじゃなくて……」

「はぁ？」

「いや、簡単に言えばさ、え？　あなた伊能忠敬のことを知らないんですか？　っていうような人に関わってほしいんだよ」

木下は首を傾げたままだ。

「まあ、とりあえず連絡とってみてさ、一回会ってみようよ」

四月の末。

東京駅そばのホテルのロビーで、池本と木下は初めて加藤と会った。

白いボタンダウンシャツに紺のジャケットを羽織った加藤は、予想以上に物腰の低い青年だった。

挨拶を終えると、さっそく池本は資料を広げて伊能忠敬の説明を始めた。

加藤は如才なく相槌を打っているが、乗り気ではないことは表情でわかった。

一通り説明した後、池本は「企画書の目玉として、全五十話のプロットを先生にお願いできませんでしょうか」とおずおずと切り出した。

しかし、「……たいへんありがたいお話なんですが……」と加藤は口を濁す。

自分には大河など畏れ多いし、そもそも時代劇を書いたことが一度もない。

「だいたいドラマの魅力的な主人公として、伊藤忠敬なんて人物を考えたこともなかったし……」

木下がぷっと吹いた。

「伊藤……」

「あ、すみません。伊能忠敬ですよね」

「でも、面白いですよね、『伊藤忠敬』って。なんか伊藤忠商事の創立者みたいで」

「木下……」

余計なことをしゃべるなと、池本が人差し指を唇に当てる。

加藤は申し訳なさそうに口を開いた

「いや、もちろん伊能忠敬が歴史上の偉人だってのは知ってます。教科書にも載ってましたし。ただそういうエラい人の人生が、果たしてドラマとして面白いものになるのかどうか……」

「ああ、なるほどですね……」

一度目はとりあえず持参した資料を加藤に渡して別れ、二度目はその二週間後。場所は同じホテルだった。

その日も加藤はどこか浮かない表情で、ぎこちない会話が続いたが、池本は穏やかにこんな話を切り出した。

「昨日ね、わたし伊能忠敬記念館の館長に話を聞いてきたんですよ。先生に土産話のひとつでもできないかって思いましてね」

「はあ」

「いったいどうやって伊能忠敬は距離を測ったと思います?」

「歩いて、測ったんですよね?」

「そうです、そうです」

池本は右の人差し指と中指をテーブルに立て、交互に進める。

「ここからここまでは歩いて何歩だったと数える。それに一歩の歩幅をかければ距離は出ます。でも人間、歩幅なんて歩くたびに変わりますよね」

「まぁ歩くスピードによっても違うでしょうし」

「だから伊能忠敬は、日本中を測って回る前に、まず歩幅を一定にする訓練から始めたんだそうですよ」

歩いていた人差し指と中指がピタッと止まった。

「そして見事に二尺三寸、約六九センチ、歩幅を一定にすることができたんです」

「どうやって?」

身を乗り出す加藤に、池本がニコリと笑った。

「知りたいですか？」

加藤が真剣な表情でうなずくと、池本は笑顔のまま立ち上がった。

三人はホテルの前の歩道に出た。

「考えられる方法は一つしかないらしいんですよ。普通に、楽に歩いても歩幅が一定になるわけがない。おそらく股関節を使ったんじゃないかって」

「股関節……？」

「じゃあ、見ててくださいね」

そう言うと池本は、いきなり足を目いっぱい広げて歩き出した。一歩踏み出すたびに「うっ！」と声が漏れるほどの、マックスの大股だ。

「歩幅を関節に覚えさせるって言うんですかね。うっ、うっ」

その姿を見て木下はクククと笑っている。

「木下、おまえもやるんだよ」

「え？　マジですか」

東京駅近くの歩道を行き交う人々が怪訝な目を向けて通り過ぎる。

木下がしぶしぶ池本の後ろについた。

「行くぞ。はいっ」

背広姿の男が二人、うっ、うっと声を上げながら大股で歩き出す。

その様を加藤はじっと見つめていたが、やがて得心したかのように、一つ、二つとうなずいた。

と、突然小走りで木下の背中に向かう。

そして同じように、大股で歩き出す。

陽光の中、三人の男たちが「伊能歩き」で進んでいく。

そのどこか必死な姿と、三人揃った「うっ」という奇声が、道ゆく人たちの笑いを誘った。

2

「忠敬さんが『伊能隊』を率いて日本全国を測ってから二百年。おとといのあれが、我々『平成の伊能隊』の出陣式だったってことですよね？　主任」

「まぁそうなるといいがな」

木下に答えながら、池本は加藤に電話をかけた。

「先日はお仕事中にお時間をいただいてありがとうございました」

「いえ、いろいろ楽しかったです」

「そう言っていただけるとうれしいんですが、それで先生……いかがでしょうか？　伊能忠敬という人物に、だんだん、こう、興味が湧いてきたなんてことはございませんでしょうか？」

「ええ……いただいた資料を今、読ませていただいているところなのですが……」

「いや、それでですね。先生、もう一日お時間割いていただけませんか？」

「はあ」

「千葉までご足労いただいて、ぜひ伊能忠敬ゆかりの土地をご案内したいと思うんですが」

「そうですねえ……」

加藤はさほど期待していないようだったが、池本にはどうしても加藤に見せたいものがあった。

九十九里浜のほぼ中央にある海辺を池本と加藤と木下が訪れたのは、ゴールデンウイーク明けの平日だった。

ここ千葉県九十九里町、当時の上総国山辺郡で、一七四五年、伊能忠敬は小関家の三男として生まれた。幼名を三治郎。

六歳の時、三治郎は母を病気で亡くした。

入婿だった父は離縁となり、兄と姉を連れて実家に戻ったが、幼かった三治郎だけはひとり残され、ここで孤独な少年時代を送ったとされる。

浜の近くに、今ではもう使われていない粗末な網小屋が見える。

「ここらへんは昔から地曳き網を使ったイワシ漁が盛んなところでしてね。かつてはあんな網小屋がズラーッと並んでいたんでしょうなあ。忠敬の生家の小関家は網元で、村の名主も務めていたそうです」

加藤がうなずく。

「じゃあ、かなり裕福な家の生まれなんですね」

「ただ、母親に死に別れた上に、父親や兄姉とも離れ離れになったんですから、ずいぶん淋しい思いをしていたんじゃないでしょうか」

網小屋まで行き、中に入ると、壁の代わりに貼られた板が長い年月に歪み、ズレた隙間に海風が吹き込んでヒューヒューと淋しい音を立てている。

「例えばですね」

板と板の間から空を見上げながら、池本が語り始めた。

「夕方になって、一緒に遊んでいた友達はみんな帰って行く。でも三治郎少年は帰っても一人だから、こんな小屋の中で空を見て時間を潰す。だんだん日が暮れてくる。すると、板と板の隙間に星が見え始める。でも、あれ？　昨日と見える場所が違う。あ、星って動くんだ……。そんなふうにして三治郎少年は天体に興味を持ち始めたんですねえ」

「……なるほど……」

真面目な顔をして加藤がメモを取ろうとする。

「ま、これは『マンガ伊能忠敬物語』で読んだんですけど……」

呆れた顔を向ける木下に、池本が口をとがらせる。

しかし加藤は、

「いや、いい話だと思います」

と、生真面目にメモを取り続けた。

池本は砂浜の遠くに木下を立たせた。その方角を方位磁石を使って慎重に測ると、真北から東に二〇度だった。

その様子を加藤が興味深げに見ている。これから伊能忠敬と同じ方法で、この浜の測量をしようというのだ。

「じゃあ、こっち歩いてきて」

池本が声をかけると、木下が例の「伊能歩き」で砂浜を歩いてくる。

「何歩だった？」

「ちょうど一〇〇歩です」

「えっと、おまえの一歩が七十五センチだから、かける一〇〇で七十五メートルか。例えば縮尺を一五〇〇分の一にすると……」

と、池本が電卓を叩く。

「五センチだな」

ノートに南北方向の補助線を引くと、池本はそこから東に二〇度の角度で五センチの線を描いた。

それを見て加藤がうなずいた。

「なるほど。方向と距離がわかればいいのか。これなら磁石と歩測だけで地図が描けますね」

「ええ。これを次の地点、また次の地点と、延々と繰り返していくんです。曲線を直線に分けて測ると言いますか」

「でも、坂道はどうするんですか？　傾斜があると、歩いた距離と、それを平面に直した時の距離は違いますよね」

「数学を使って計算したそうです」

「数学？」

「ええ。象限儀《しょうげんぎ》っていう大きな分度器で傾斜の角度を測って、三角関数で平面距離を出すんだそうです。あの、ほら、サインとかコサインとか、そういう世界です」

「なるほど」

と、ただ一人理系の木下も感心して声を弾ませる。

「しっかし、江戸時代にそんなこと知ってたなんて、すごいですよね」

「そうだよ。こうやって忠敬さんは、日本中を測って回ったんだ」

そのやりとりにうなずきながら、加藤は再びメモを取り始めた。

九十九里町から北に向かって車で県道を行くと、一時間ほどで香取市に着く。成田空港の北東に位置する、人口七万人ほどの町だ。

市営の駐車場に車を停めて、小野川沿いに広がる佐原の古い町並みを三人で歩いた。

この小さな川は利根川に通じ、利根川はやがて江戸川に通じ、その豊かな水の流れで、佐原と江戸は商業的にも文化的にも、深いつながりがあった。

「お江戸見たけりゃ佐原にござれ　佐原本町江戸優《まさ》り」

と、俗謡に歌われたほど、かつてこの町は栄えたという。

川沿いの道には味噌屋、醤油屋、蕎麦屋、油屋など、古い瓦屋根の店々が並んでいて、江戸の情緒を今に伝えている。

三治郎少年は十七歳のときにこの町に来た。

佐原で一、二を争う名家である伊能家の婿に入るためだ。その時、名を忠敬《ただたか》と改めた。

当時住んでいた家が今も残されている。伊能家の本業は酒造りだったが、米穀など近郷のあらゆる産品を取り扱い、水利を活かして舟運業を営み、さらには手広く金融も行っていたという。

「そんな大きな家の婿に抜擢されたんですから、よっぽど優秀だったんでしょうねぇ。しかも、そのころ伊能家はどん底状態にあった時期で、つまりものすごく期待されていたわけです」

「僕だったら、そんな話きっぱり断りますね」

例によって木下が割り込む。

「大丈夫。おまえには絶対来ないから」

すかさず返す池本に、今度は木下が口をとがらせた。

三人それぞれに二百年前の入婿の立場に思いを馳せながら、旧家の中を見て歩く。

「でも忠敬さん、その後は見事に伊能家を盛り立てて、家業をかつての二倍にも三倍にもしたっていうんですからねえ」

「……そうなんですか」

初めて会ったときから、どうも加藤は、功績を高らかに謳い上げるような、いわゆる「偉人」としてのエピソードに食いつきが悪い。そういうところが忠敬マニアの池本には逆に好感が持てた。

忠敬は三十八歳の時、天明の大飢饉に遭遇している。

この未曾有の惨禍は、悪天候と浅間山の噴火による火山灰の被害が重なって発生したとされる。

東北地方の農作物の不作はおよそ六年も続き、その間の死者は十万人以上。目を覆うばかりの惨状が東日本一帯に広がった。

しかし、佐原からは一人も餓死者が出なかった。

それは忠敬が伊能家の蔵を開放して、米、野菜、酒などあらゆるものを人々に分け与えたからだった。

その功績をこの地の領主が認め、忠敬は名字帯刀を許されたのだ。

が、忠敬の人となりを語る上で欠かせないこのエピソードも、

「へー、そうだったんですか……」

と、加藤には軽く受け流されただけだった。


伊能忠敬記念館は、旧家の小野川を挟んだ向かい側に建っている。

池本がぜひとも加藤に見てもらいたいものは、そこにあった。


十四年前、この記念館がオープンした日。

池本はさっそく見学に訪れた。

展示室の自動ドアが開き中に入ると、正面にある大きなアクリルのスクリーンが目に入った。

客の入場をセンサーで感知しているのだろう、やがてそこに大きな日本地図が映し出された。

「これは、人工衛星ランドサットから撮影した写真をもとに作成された、最新の日本地図です」

スピーカーから流れてくる説明が途切れると、左側にもうひとつの日本地図がふわっと浮かび上がった。

「これが一八二一年、文政四年、伊能忠敬らによって作り上げられた日本地図です」

その伊能忠敬の地図は、やがてゆっくりと滑るように右に向かって動き、ランドサットの地図に重ね合わされていく。

そして、二百年も昔、日本中を一歩一歩、歩いてこしらえた伊能忠敬の地図が、二十一世紀の最新技術が描く地図とぴったり重なった。

その瞬間、池本は全身に鳥肌が立つのを感じた。そしてそれは何度来ても変わらなかった。

もちろんそれを見て、同じように加藤も鳥肌を立ててくれるだろうと思っているわけではない。ただ、近いものは間違いなく感じてくれるはずだ。

池本、加藤、木下の三人が展示室に入っていく。

巨大なスクリーンにランドサットの地図が映し出される。

そこに伊能忠敬の地図が動いてくる。

ふたつの地図がピッタリと重なり合う。

「どうです、すごいでしょう！」

「……」

加藤は無言でふたつの地図の重なりを見つめている。

「まだ黒船が来る前ですよ？　精密な測量機器なんて何もない時代に、これだけ正確な地図を作るなんて、神業じゃないですか？」

すると、拍子抜けするほど淡々と加藤は答えた。

「あー、でも北海道がちょっとズレてるんですね」

「……」

確かに加藤の言う通りだった。忠敬の時代には経度の測定が難しく、特に北海道は、現代の地図より東方向にわずかながらズレている。だが、輪郭は全く同じだ。

この奇跡と言っても過言ではない光景を目にして何の感動もないのか……。池本は心の中でため息を漏らした。

「でも、キレイなんですね、伊能忠敬の地図って」

加藤はまだじっと地図を見つめている。

「ええ……ただ、二百年前に忠敬さんがこしらえた地図は、もう残ってないんですよ」

「え？」と加藤が意外そうな目を向けた。

「火事で全部燃えてしまったんです」

「でも、これは……」

加藤が目の前のアクリル板を指さす。

「今残っているのは、『副本』と呼ばれる控え図か、明治以降に模写されたものがほとんどなんです」

「そうなんですか……」

「十七年かけて、一歩一歩大地を踏み締めて、地球一周分の距離を歩いて忠敬さんがこしらえた地図は、もうどこにもないんです」

「……」

そのとき池本は、加藤の表情が変わったように思えた。


測量器具、忠敬の遺した膨大な測量記録や手紙……。そのあと加藤は真剣な顔で展示物を見て回った。

中でも伊能忠敬の人生の集大成とも言える数々の地図にじっと見入っていた。

地図と言っても一枚一枚が畳一畳ほどもある大きなものだ。

その縮尺ごとに、「大図」、「中図」、「小図」があり、「大図」なら二一四枚、「中図」なら八枚、「小図」なら三枚で日本全土の測量範囲をカバーする。

とくに「大図」は、まるで日本画のように、山は緑、海や湖は水色に彩色され、集落や田畑、所々に木々まで描き込まれている。

その大地の上に、髪の毛ほどの細さのジグザグの線が朱色で引かれているのがわかる。

「これが、伊能隊が実際に歩いて測量した道のりなんだそうですよ」

池本の説明に加藤が黙ってうなずいた。

線の脇には、通過した土地の地名が、細かな文字でびっしりと書き入れられている。

「本物を初めて見ました……」

加藤はいつまでも伊能忠敬の地図を見つめていた。


「ひとつだけお聞きしていいですか？」

記念館から駐車場へ向かう途中で、加藤がようやく口を開いた。

「何か？」

「どうして僕のような若造の脚本家に声をかけていただいたのでしょうか？　も

っと相応しいベテランの方とかいらっしゃるんじゃ……」

「うーん……」

と、池本は困ったように頭に手をやる。

「こう言うと、先生に失礼かもしれないんですけど……」

「いえ、何でも言ってください」

「……いや、相手は伊能忠敬ですよね？　人生五十年の時代に、五十五歳にもなってから地球一周分の距離を歩いて地図を作った人ですよ。そんな人のドラマを手慣れた感じで、ちゃっちゃっと作ってもらいたくないなぁ……なんて、そんなこと考えましてね」

「はぁ……」

「だから……あれこれ疑問も含め、新鮮な気持ちで試行錯誤しながら、一から伊能忠敬という人間と向き合ってくれるような、まあ、そんな人とやりたいなと思ったんです」

加藤はまた無言になり、その歩みを速めた。

翌日、朝一番で池本のデスクの電話が鳴った。

「はいもしもし、伊能忠敬大河ドラマ推進プロジェクト」

「あの、加藤ですが」

加藤の方から電話が来るのは初めてだった。

「ああ、先生、昨日はありがとうございました」

珍しくどこか勢い込んだ声が受話器に響いた。

「池本さん、僕でよかったら、ぜひ『大河ドラマ伊能忠敬』のプロットを書かせてください」

「え？」

何が加藤の心のスイッチを入れたのかはわからない。でも確かに加藤は、伊能忠敬という人間に興味を持ってくれたようだった。

池本にはただそれがうれしかった。そして、この若者と一緒に伊能忠敬の大河ドラマを作っていこうと心に決めた。

文政三年十月――伊能忠敬の友人、綿貫善右衛門の話

さようでございます。

かれこれ、四十年近くになりましょうか、伊能様にはたいへん懇意にしていただいております。

初めてお会いしたのは、伊能様がまだ江戸に出られるずっと前……下総佐原村の名主になられた年でございました。

わたくしはちょうど二十歳。伊能様は十七上ですから、三十七歳、ということになりましょうか。

夏の日の、よく晴れた朝のことでございました。

伊能様が突然、津宮の我が家にお見えになったのです。津宮は佐原の隣の村で

ございます。

伊能様のご高名はかねてから聞き及んでおりました。そのような立派な方が、朝早く、確か五ツ過ぎ（午前七時頃）だったと思いますが、お供も連れずにいきなりお見えになったのですから、父もわたくしも驚いてしまいましてね。

伊能様はニコリとされると、「このような時間に突然お邪魔をして、無礼をお許しください」と、おっしゃる。

「とんでもございません、かえって恐縮いたしております」と父がお答えすると、

「実は今朝、よきことを思いつきましてね」とまたニコリとされる。

「……はて、よきこととは何のことでございましょう」

すると伊能様は、両の手をつかれました。そしてわたくしに、ぜひ漢籍をご教授願いたい、とおっしゃったのです。

父から学問の手解きを受けて以来、わたくしは諸学の修得に励み、その頃には幾人か門人もおりました。

しかし、まだ青二才の、しかも十七も年下の者に頭を下げて教えを乞われると

は……。父と顔を見合わせておりますと、伊能様は、持参されていたものを差し出されました。

清酒を一升と、餅二枚。

もしそれが金銭であったら、父もわたくしも、このお話はお断りしていたかもしれません。

しかし、酒と、餅。

身構えていたこちらの強張りがすっと弛む思いがいたしました。この方は損得勘定抜きに、勉学を通じて我が家と親しくしたいのだな、と。

それ以来、伊能様との家ぐるみのお付き合いが始まったというわけです。


しばらくして伊能様からご自宅にお招きいただきました。大層驚いたことを今でも覚えております。

佐原の小野川沿いにあるお店は大きな構えでございました。

店の脇の表門を入っていくと正面に母屋がございます。立派な造りに感心していると、伊能様は「お茶を差し上げる前に、ぜひこちらへ」と、玄関の前を回りこんで母屋の北側に歩いて行かれるのです。

後をついていくと、用水堀の手前に大きな蔵が見えました。そこに、十二、三人の店の若い衆が忙しそうに出入りしていました。

どうやら土蔵の中のものの虫干しをしているようでした。

それは書物でした。数千冊はゆうにあったでしょう。

そのすべてを、梅雨の明けた時期に蔵から出し、一冊一冊陽に当てて、風を通していたのです。

伊能家に代々伝わってきた書物も多く、もしかしたらわたくしの学問の役に立つものもあるかもしれぬ。そう思われて招いてくださったようでした。

邪魔にならぬように見ていくと……驚きました。表紙に記された書名を見るだけで、伊能様がこの世のあらゆることに興味をお持ちだということがわかるのです。

四書五経はもちろん、「史記」「十八史略」「三国志」、我が国の「東鑑」「大日本史」などの史学、「千字文」「唐詩選」「古今和歌集」といった古詩や和歌。それだけではありません、「本草綱目」などの医学、あるいは「大成算経」「算法古今通覧」といった算学の書、さらには「量地指南後編」「規矩分等集」など、測量に関する本も多数ございました。

名主のお役目には、川の洪水を防ぐ堤防を作るために、あるいは水没した田畑の境界を明らかにするために、何かと地図を作らねばならぬことが多うございましてね。それを独学されていたというのですから、まことに伊能様らしい。その頃からコツコツと学んでこられたことが、今の地図作りに実を結んでいるのでしょう。

しかし、ご商売と村役でたいへんお忙しい毎日を送られているのに、どこにこれだけの書物を読む時間があるのかと感服いたしました。

虫干しを終えた書物を若い衆が土蔵に入れ終わると、仕分けをするために、伊能様とふたりで蔵の中に入りました。

うずたかく積まれた書物の山の中から、一冊手にとっては語り合い、また一冊とっては論じ合い。そのうちに日が暮れると、伊能様は家の者にろうそくを持ってこさせ、そのほのかな灯りのもとで時を忘れて意見を交わし合ったことを、四十年ほど経った今でも懐かしく思い返すことがございます。

そういえばその蔵の中で、伊能様がまだ若い頃の、こんな話をされていましたよ。

伊能の当主とはいえ、そこは入婿で、何でも思い通りにやれるものではない。奥方の目も、家の者の目もある。

そこで皆が寝静まってから、蔵に入って書物を読み耽《ふけ》る。

しかしじきにそれが見つかって、奥方から小言を言われる。家業に差し障りがあるからおやめください、ということなのでしょうね。

そこで思案の末に、伊能様はよきことを思いつかれた。

江戸に伊能の店を出す。

そこに奥方はいらっしゃいませんから、夜は誰気兼ねなく書物を読むことができる。

これは名案と、さっそく香取の森から切り出した薪を舟で江戸に運び、新河に店を出した。

そして、昼は商いに精を出し、夜は読書三昧の日々を送っていたそうなのです。あのような立志伝中の方が、家の中ではそのような気遣いをされているのかと思うと、失礼ながらおかしゅうございました。

ところがなんと不幸なことに、店を出してからわずかのうちに近所の火事をもらい、家財も米も薪もすべて灰になってしまったというのです。

その時燃えてしまった薪が、七万駄とも八万駄とも言われているそうですから、やはりあの方のおやりになることは、常人とはふたつもみっつも、桁が違うのでございますよ。

ご一緒に西国を旅したのは……十年ほど後のことになりましょうか。

確か寛政四年（一七九二年）の秋口だったと思いますが、同じように朝方に伊能様が拙宅にお見えになりましてね。「またよきことを思いつきました。伊勢参りにご同行願えませんか」とおっしゃるのです。

その少し前に、伊能様はご領主に隠居願いを出されたのですが、お許しは出ませんでした。

地頭所からも村人からも信の篤い村のまとめ役に、今辞められたら困るというのでしょう。

そのとき、伊能様は四十も半ばすぎ。隠居なさるにはもう十分なお歳でした。こう申し上げては何ですが、早く隠居して、伊能の家のくびきから逃れたいというお気持ちがおありだったのではないでしょうか。

ならば隠居は許されずとも、旅行であればお許しが出るかもしれぬ。そのようなことを、朝方にぱっぱっと頭の中で計算されたのでしょう。

二つ返事でお申し出をお受けしたのですが……その時はまだ、伊能様の胸の中に、もうひとつ旅の目的があろうとは思ってもみませんでした。

何事もせっかちな伊能様のことですから、さっそくご領主の了承をとりつけ、親戚や供の者も含めて、男ばかり総勢十名、佐原を出立したのが翌年の二月の末でございました。

途中、江戸で、ある店に寄りました。

そこには、伊能様が前もって注文されていた道具が、出来上がっておりました。象限儀《しょうげんぎ》と呼ばれる天測の道具。扇形をした大きな定規に望遠鏡を装着した、星の高さを測るものでございます。

小さな羅《ら》針盤《しんばん》もございました。

初めて手にする象限儀を覗き込み、羅針盤の針が揺れている様子をじっと見つめているとき、伊能様は、まるで幼な児のようにうれしそうな顔をされていましてね。

伊勢に着いたのが三月の二十日過ぎ。奈良、吉野、高野山、大坂、京、明石を回る、実に三ヶ月にも及ぶ長い旅でございましたが、伊能様はいたる場所で、山や島の方角を羅針盤で測り、夜には星を見上げ、象限儀で高さを測るのです。

それが単なる遊びではないことは、地を見渡し、天を仰ぐ時の、真剣な目を見ていればわかりました。

ようやくご領主のお許しが出て、伊能様が家督をご長男に譲って隠居なさったのは、一年の後。

あれから、四半世紀にもなりましょうか。

今なお、コツコツと象限儀や羅針盤を改良され、測量の技術を磨いて精度を上げ、日本中の大地を量り、天を測る姿を拝見しておりますとね、わたくしは初めてその道具を手にした時の、伊能様の、あの子供のような笑顔を思い出すのですよ。

ここ数年は地図の仕上げに専心されているご様子で、なかなかゆっくりお目にかかる機会もございませんが、未だに意気軒昂、我が国初の実測による全国の地図作りという比類なき大事業を完遂せんと日々測量を続けながら、若い方々を叱り飛ばしているというのですから、ほんとうにあの方にはこの四十年、驚かされることばかりでございます。

歩く落花生

1

木下浩章は意外にも都内の公立大学の理工学部出身で、コンピューター関係に詳しく、そこだけは池本もずいぶん助かっている。

大学卒業後、名のしれた医療機器メーカーに勤めたが、なぜか三年で辞め、縁もゆかりもない香取市の試験を受け直したという変わり種だ。

加藤の脚本家としての参加も決まり、いよいよ大河プロジェクトが動き始めた頃、池本は木下に気になっていたことを尋《たず》ねた。

「おまえさぁ、このプロジェクトに入るの、自分から希望したって聞いたけど、なんで?」

木下はわざとらしく真剣ぶった表情を見せる。

「いやね、主任って僕の理想なんですよねえ」

「あ?」

「だってどこにもギラついたところがないっていうか、物欲しげじゃないっていうか……変に真面目なんだけど、それを感じさせないっていうか……」

「それ、ほめてるのか。けなしてるのか」

「ほめてるに決まってるじゃないですか。その主任がですよ?『忠敬《ちゅうけい》さん』、『忠敬《ちゅうけい》さん』って、伊能忠敬って人にだけは変に熱くなるの見てて、なんだか妙な興味湧いてきて、それじゃあ僕が支えてやろうかなって……」

自分で確認するようにうなずいてみせる木下の言葉は、あながち冗談ではないようだ。もう八年の付き合いになるが、池本は未だにこの男がわからない。

週に一度、加藤と一緒に勉強会を開きながら、あれこれプロットについて話し合っているうちに二ヶ月が経った。

しかしちょうど梅雨入りした頃、加藤が急遽、民放の単発ドラマを書くことになり、ひと月、このプロジェクトから離れざるを得なくなった。

決まっていた脚本家が急病のため、代役に加藤が抜擢されたのだ。

助っ人とはいえ、きちんとした仕事のオファーを断ってくれと言えるほど、こちらにギャランティの保障があるわけでもない。

まぁひと月だから……と、自分に言い聞かせながらも、池本は不安だった。

水を差される形になって、伊能忠敬への興味が薄れはしないだろうか。

企画書の提出期限を考えれば、少なくともプロットの執筆時間は減るわけだから、そのドラマにとりかかっている間、何か加藤の助けになるようなことはできないだろうか。

そう考えた池本は、週一回の勉強会を木下と続けて、その情報を加藤にメールで送ることにした。

嫌がる木下をなだめすかして参考図書を数冊渡し、互いに週一冊、別々の本を読んで、新しい発見を発表し合おうというのだ。


二人で行う最初の勉強会で木下が読んできたのは、ごく薄い、小、中学生向けの、いわば入門書だ。

一方の池本は、専門書とまではいかないが、かなり分厚い、伊能忠敬の解説本だった。

「どうだった？　おまえの方は」

どこか小バカにしたように、池本が木下に聞く。

「いやぁ、なんか、わかんないとこ多過ぎて、途中で読むの嫌になって」

「はぁ⁉」

呆れる池本に、木下はムッとした顔で、絵ばかりの薄い本をめくってみせる。

「例えば……伊能忠敬は隠居して五十歳で江戸に出たってありますけど、普通逆じゃないすか？　隠居して田舎にひっこむならわかりますけど」

「そこが忠敬さんのすごいところだよ。その歳で当時日本一の天文学者だった高橋至時《よしとき》に、どうしても弟子入りしたかったっていうんだから」

「でも、よくそんな偉い先生が佐原のじいさんを弟子にしてくれましたね」

「普通のじいさんじゃないんだよ。店を閉めたあと、蔵を開けて天文学の専門書を引っ張り出して次から次に読破して、望遠鏡で毎日のように星の観察もしていたんだ」

「それでも、その時、至時先生は三十歳でしょ。じいさんと二十も歳の差があるんですよ」

「そうだなあ。ちょうど主任と僕ぐらいのもんですよ」

「そう考えると、忠敬さんってつくづく謙虚な人だってことを実感するな」

「違いますよ。至時先生はさぞ迷惑だっただろうなあって話ですよ」

「はん？　そんなことないだろう。いや逆に言えばだよ、それでも弟子入りが許されるくらい、忠敬さんの勉強が進んでいたってことだよ」

「ああ……なるほどね。じゃあ、ここはどういうことですか?」

と、再び木下は薄い本をめくった。

「ここ。『伊能忠敬は地図を作りたかったのではなく、子午線一度の距離を測りたかった』って」

「どういうことって、そういうことだよ」

池本はため息をつきながら、自分の読んできた本を広げ、ある部分を示し、説明を始めた。

「当時はな、地球の大きさって日本では誰も正確にわからなかったんだ」

「高橋至時も?」

「そうだよ。だけど天文学者としてはものすごく知りたかった。だから講義の時にそれを言ったんだろうな。地球の大きさを知りたいなあって。そしたら弟子の忠敬さんが『それでは私が測りましょう』と」

お茶を飲んでいた木下が、いきなりむせる。

「それじゃホラ吹きじいさんじゃないですか。無理でしょう、誰がどう考えても」

「それをやったんだよ、忠敬さんは」

「どうやって」

「例の『伊能歩き』だよ」

「え？　まさかあれで地球一周しようっていうんじゃないでしょうね」

「違うよ。そこで子午線一度の距離だよ」

池本はまた本のページをめくって木下に見せた。

そこには地球に模した円が描かれていた。その外周が、北極と南極を結ぶ一つの子午線ということになる。

キャプションにはこうあった。

〈子午線一度、すなわち緯度一度の距離を三六〇倍すれば、それが地球の大きさである〉

「あ、そういうことか……ってことは……」と、木下が薄い入門書を開くと、古い地図が載っている。

　そこには、当時浅草にあった司天台《してんだい》とも呼ばれる天文局（暦局）と、深川・黒江町にある忠敬の自宅を結んで、細い線が引かれている。

「この、天文局と自宅の距離を毎日毎日歩いて測ったってのも、そういうことですか」

「ああ。そこを毎日『伊能歩き』して距離を測ったんだ」

「そうなんだ……」

「北極の星の高度を測って、二つの場所の緯度は出ている」

「はあ……」

「で、その緯度の差で歩いた距離を割れば、一度分の距離がわかるというわけだ」

　説明する池本自身、わかっているのかいないのか、とりあえず木下はうなずいて見せた。

「毎日歩くうちに歩幅が安定してきて、これが天文局と黒江町の間の正しい距離だ、と思って、忠敬さんは喜び勇んで至時先生に持って行く。そしたら先生はもうにべもなく鼻で笑ったらしいんだよ。『ダメですよ、そんな距離じゃ。もっと長い距離を測らなきゃ正確な値はわかりません』って」

「至時先生、キビシイ……」

「その時な、至時先生がまたぽろっと漏らしたんじゃないかな。少なくとも北海道ぐらいまでの距離を測ればいいんだけどなあって。そしたら忠敬さん、すぐに『それでは私が測りましょう』って」

「ほら、やっぱりホラ吹きじゃないですか。だって北海道までですよ。それもあの『伊能歩き』で？　五十過ぎたじいさんが？」

「いや、忠敬さんは『大丈夫です』と胸を叩いた。おまけに『かかる費用も全部私が出します』ときた」

「へえー」

木下はすっかりテンションが上がっている。

「緯度一度の距離を知ったところで一文の得にもならないんですよね？」

「だからそういうことじゃないんだよ」

「……でも、ちょっと待ってください。地球の大きさを知りたかったというのは何となくわかりました。でもそれが何で地図なんですか？」

「そこが面白いところだ。つまりな、江戸時代は自由に旅行なんてできないんだ。藩を越えて、好き勝手あちこち行くなんて許されなかった。そこで至時先生は一計を案じる。幕府が蝦夷地、つまり北海道の正確な地図を欲しがっているのを利用して、それを作るための移動と、道々の測量を許可させたんだ」

木下がポカンと口を開けた。

「……じゃあ、至時先生もホラ吹き？」

「いや、だってさ、天文学の知識のない人に緯度一度の距離が知りたいなんて言ってもわかってもらえないだろう」

「ってことは、地図作りを始めたのは、単なる方便だったってわけですか」

「まぁそういうことになるな。そして忠敬さんは『御用』と大きく書かれた幟《のぼり》を作った。これが大事なんだなあ。幕府から命じられた仕事をやってますって印なんだから。そしてそれを掲げて測量の旅に出発したというわけだ」

「へえ〜、面白いっすね、伊能忠敬」

週明け、池本は加藤に、

〈伊能忠敬は実はホラ吹きだった〉

というタイトルで長いメールを送った。

数十分して、加藤から「実に興味深いです」と返信があった。

気を良くした池本と木下はさらに勉強会を続けた。

〈忠敬さん、実は持病持ちで体が弱かった〉

〈忠敬さん、測量の旅先で、地元の対応が悪いとイバり散らす〉

いわゆる「偉人」のイメージとは違う、人間味のあるエピソードを選んで加藤に送った。

「後世の人間はその業績だけ持ち上げて神様みたいに言うけど、調べてみると結構普通の人なんですよね」

いくつかのやりとりの中、木下はそう書いた。

「木下さん！　その通りです!!　僕もそう思います!!」

そんな加藤からの返信メールを、木下は繰り返し開き、ニヤニヤしていた。

その様子を見ていた池本も、内心同じようなことを感じていた。

これまでは憧れといっても、どこか記号のような存在だった伊能忠敬という人物が、だんだん血の通ったものになってきていた。

それとともに、「大河ドラマ『伊能忠敬』」の手応えもぐっと増してきているような気がした。


梅雨が明けた頃に開かれた四度目の「伊能勉強会」に、木下は「すごいもの見つけましたよ」とある数字を用意してきた。

木下はだんだんこの勉強会が面白くなってきたようだった。

「十七年間にわたる測量旅行と、その成果である『大日本沿海輿地全図』を作るのに、かかった費用は総額いくらでしょう⁉」

「あ？　さあ、見当もつかないねえ」

木下はバッグからノートを取り出して広げた。

そのページには、木下の癖のある字で「幕府負担額」「地元負担額」と書かれている。その横に書かれているはずの金額は木下が手で隠していた。

十七年間の測量の費用は、大部分を幕府が出しているから、「幕府負担額」というのはわかる。

「地元負担額？」

「ようするに伊能隊というのは幕府の御用で測量をしている偉い方々ですから、地元の藩としては対応に失礼があってはならないわけです」

「ああ」

「だから宿舎に専用の料理人を置いたり、お世話係を置いたり、測量の手伝いに大勢の人間を動員したりしなきゃいけないし、場所によっては船を何隻も出さなきゃならない。そういうの、全部地元の藩の負担だったんです」

「ほーっ。で、全部でいくらなんだ」

木下がノートから手を離す。

「幕府の負担額が五八二七両！　……一両が今の二十万円と考えるとですね、およそ一一億六〇〇〇万円！　全国各藩の負担額は、十七年間すべての旅を合わせてなんと、三一八億一〇〇〇万円！」

予想外の高額だった。

「そんなにかかってんのか。当時の一大事業だったんだなあ、地図作りは」

木下はさらにニヤッと笑った。

「まだあるんです」

「何だ？」

「初めの頃の測量は幕府からお金が出ていないんで、全部忠敬さんが自己負担したんです」

「あーそうだよな」

「それがいくらかと言うと……」

ノートの次のページをめくると「忠敬さん自己負担額」と書いてあった。

「今のお金の価値で、四九四〇万円！」

「ほーっ……」

池本はそれまで、忠敬さんはポーンと数百万円を出したのではないかと思っていた。それがなんと五〇〇〇万円近くとは……。

「すごいなあ……一銭の儲けにもならないのになぁ」

「千葉の田舎の商人がね。かっ飛んでますよねえ、伊能忠敬」

多少方向性がずれているような気もしたが、木下のような男がいつのまにか伊能忠敬という人物に前のめりになっていく様子を、池本は微笑ましく眺めていた。

2

加藤がようやく民放のドラマの仕事から解放されたのは、梅雨も明け、猛暑日が続く八月の頭だった。予定よりはるかに遅れた大河プロジェクトへの復帰だったが、池本たち三人は再会を祝し、上野の居酒屋に顔を揃えた。

あの後も池本と木下は「伊能勉強会」を繰り返して、その成果を加藤にメールで送り続けた。

その一つ一つを思い出しながらの会話は弾み、酒も進んだ。

やがて酔いに任せて、加藤がテーブルいっぱいに日本地図を広げた。それはまさしく、久しぶりの三人による「伊能勉強会」の始まりだった。

その地図には、十七年間、十次にわたる伊能隊の旅の足跡が、それぞれ色の違う線で書き入れられている。

わざわざそんなものをここに持ってきてくれていたことが、池本にはうれしかった。

その地図を見ながら、三人は伊能忠敬の長い長い旅に思いを馳せた。

第一次測量――。

寛政十二年（一八〇〇年）四月十九日、忠敬は内弟子三人と従者二人を連れて深川の自宅を発ち、富岡八幡宮で旅の安全を祈願。大勢の友人や親類たちに見送られながら、初めての測量の旅に出た。

奥州街道を下り、仙台、盛岡を経て下北半島から蝦夷地へ渡る。

そして根室近くのニシベツまで往復三二〇〇キロの距離を百八十日かけて測量して江戸に戻っている。すべて「歩測」による測量だった。

木下がありえないというように池本を見た。

「その時忠敬さん、五十五歳ですよ。主任とたいして変わんないんですよ。それでずっとウッ、ウッって歩測しながら北海道まで行ったんですよ？」

「いやあ、すごすぎて呆れちゃうよなぁ」

コースターの裏に数字を書いて何やら計算していた加藤が顔を上げた。

「江戸の千住から津軽半島の先端まで二十一日で歩いてます。平均すると一日、四十キロ以上です」

へえーと木下が目を丸くした。

「奥州街道をまっすぐ行ったのは、やっぱり緯度一度の距離を測ろうとしたんでしょうね」

加藤の問いに池本がうなずく。

「帰りも同じコースですから、きっと検算してたんでしょうね」

忠敬は毎日の天候、作業内容、宿泊地などを詳細に記した「測量日記」を残している。それによると伊能隊は各地で星々の高度を測り、その土地の緯度を算出している。そこから緯度一度の正確な距離を割り出そうというのだ。

江戸に戻ると、記録をもとに幕府に提出するための地図を作成した。

当時は幕府の命令で国ごとに描かれた「国絵図」しかなかった。それは実際に測量したものではなく、いわば概略図だった。

そのいわゆる「絵地図」しか見たことのない幕閣たちは、精緻な忠敬の地図に目を見張ったという。そしてそれが、次回以降の旅への大きなはずみとなった。

第二次測量――。

忠敬は前回の測量で行けなかった蝦夷地のオホーツク海沿岸や、国後《クナシリ》、択捉《エトロフ》、得撫《ウルップ》などの島々の測量を幕府に申し出たが、それは却下された。その部分の測量は、後年、間宮林蔵に託すことになる。

代わりに伊豆、三浦、房総から本州東海岸の測量を命じられる。二百日を超える旅の結果、東北太平洋岸の複雑な地形が初めて明らかになり、幕閣たちは衝撃を受けたとされる。

この旅から距離の計測には「歩測」ではなく、主に間縄《けんなわ》が使われるようになった。そのためさらに測量の精度は上がり、忠敬は緯度一度の距離を二八・二里と算定している。

「なーんだ、って思いませんでした？　忠敬さんって日本中歩いて測ったんだろうなあって思ってたら、第一次測量の時だけかよって」

「そういうことを言うんじゃないよ。日本中を歩いて回ったことには違いないんだから」

いくぶん呂律の怪しくなった池本に睨まれ、木下が首をすくめる。

第三次測量――。

東北地方の日本海沿岸を測量。

これまでの地図作りで実績を認められた伊能隊には、幕府からの手当も格段に増え、人馬も無償で使えるようになった。

第四次測量――。

東海道を南下、愛知から琵琶湖東岸を経て、北陸、越後へ。佐渡島にも渡り、丹念に測量している。

加藤が新潟の糸魚川のあたりを指さした。

「この時ですよね、忠敬さんが糸魚川藩ともめたの」

木下がうれしげに乗っかる。

「加藤先生、もめたとかそういうエピソード好きっすよねー」

加賀から越中を過ぎて糸魚川に来た時、伊能隊に対する地元藩の対応に誠意を感じなかった忠敬は、町役人を宿に呼んで厳しく叱りつけた。

しかし糸魚川藩がそれに反発して江戸の藩主に報告。勘定方も動き、一時は大騒ぎとなった。師の高橋至時も、自重せよと戒《いまし》める書状を旅先の忠敬に送っている。

「好きっていうか、地図作りが幕府に認められてきて、忠敬さんもかなりエラそうになってきてたと思うんですよ。それで『この無礼者！　わしを誰だと思っておるのじゃ！』って藩の役人を叱ったっていうね。そういうエピソードって、教科書には載ってないじゃないですか」

「っていうことはあれですね、伊能忠敬、鼻たかだか、って奴ですね」

「木下さん、うまい！」

加藤にはウケたが、池本はにこりともせず、フン、と自分の鼻を鳴らした。

その他、加賀藩では地図作りを理解しない藩主が測量を拒否するなど、いくつかトラブルもあったが、この頃には伊能忠敬の事業が全国的に知られるようになり、各地での作業も次第に円滑に進むようになっていった。

第一次測量からおよそ三年半。ここまでで東日本の測量をほぼ終えた。

忠敬への評価はさらに高まり、晴れて幕臣に登用される。

そして以降、地図作りは幕府の直轄事業に格上げされることになる。

第五次測量——。

東海道から紀伊半島をめぐり、大坂から京都に出て琵琶湖を測量。その後山陽道を下関まで下り、そこから山陰の日本海側まで。

全行程六四〇〇日、五〇〇〇キロを超える長大な旅である。

当初、西日本の測量は三年がかりで一気に行う計画だった。しかし入り組んだ海岸線や島嶼《とうしょ》部が多く、結果的にこのあと第八次測量まで、およそ十年もの時間を費やすことになる。

途中、山陰で忠敬が持病の「瘧《おこり》」（発熱や悪寒が周期的に起こる病。マラリアの一種）で倒れ、三ヶ月にもわたり旅は中断された。

その間に隊員たちの規律が乱れ、それが江戸に報告されて再び騒動になるなど、六十歳を超えた忠敬にとっては、さまざまな意味で過酷な旅となった。

第六次測量――。

約八ヶ月をかけて四国を測量。瀬戸内海の島々も、大小問わずほとんどを測量した。その後奈良、大和の地を巡り、法隆寺など古社名刹の社前、門前まで測量している。忠敬の地図には神社仏閣が数多く描き込まれている。

第七次測量――。

九州東海岸から鹿児島へ。

「見てください」

と、加藤が第七次の旅のあとを指でたどった。

「忠敬さんって、日本の沿岸だけを歩いたと思ってましたけど、この旅から、内陸の方も詳しく測ってるんですよね」

地図に記された伊能隊の足跡は、沿岸部から内陸部にまで延びている。さらに帰路でも、中国地方や甲府で盆地などをより細かく測量していることがわかる。

「どうしてなんですかね……？　もうこの頃には忠敬さん、六十半ばですよ。体調もずっと思わしくなかったようだし、とりあえず沿岸だけを全部測って、まずは地図を完成させることを優先すればいいのに」

「そうですよねえ……」

池本は黙って地図を見ながら、考え込んでしまった。

自分自身に問いかけるように、加藤がつぶやく。

「やりたいことや、生きているうちにやらなきゃいけないと思うことが、どんどん増えていってるってことなのかなあ……」

池本がうなずいた。

「ええ……」

「それは幕命だからやらざるを得なかったのか……それとも、使命感なのか……」

第八次測量――。

前回の旅は鹿児島から屋久島、種子島へ渡る予定だったが、天候不良のため断念して江戸に戻った。しかし幕府は両島の測量を厳命。伊能隊は再び鹿児島まで行き、薩摩藩の用意した大船団によりようやく屋久島に到達、断崖絶壁の続く沿岸部を命懸けで測量した。

さらに帰路には、対馬全島を七十五日かけて測量した他、九州、中国、近畿などの内陸部を詳しく測量している。

木下が地図に顔を近づけてこの旅のデータを読み上げた。

「文化八年から文化十一年まで。九百十四日間。総測量距離一万一五三〇キロ……」

これが伊能隊、最大にして最長の旅だった。

だがこの頃になると、さすがの忠敬も体力が日に日に衰えていく。

その上、この旅の途中、副隊長として最も信頼していた天文方下役を病で亡くし、忠敬は片翼をもがれた思いで悲嘆に暮れた。

さらに佐原の伊能家を継いでいた長男、景敬《かげたか》が病死。

「四十七歳で世を去った息子を、忠敬さんは看取ることができなかったんですね……」

加藤がそう口にしたあと、三人はしばらく無言で酒を口に運んだ。


第九次測量――。

伊豆七島を測量。

すでに七十歳を超えていた忠敬は、周囲の強い勧めで参加を見合わせ、測量は天文方下役と内弟子のみで行われた。

風待ちに泣き、黒潮を漂流するなどの苦難の上に、険しい海岸線や絶壁での測量が続き、まさに死と隣り合わせの過酷な旅だった。しかし弟子たちは忠敬の教えを忠実に守り、無事に役目を果たした。

第十次測量――。
忠敬は測量密度の粗かった東日本の再測量を幕府に申し出たが、それは認められず、江戸府内の測量を命じられた。

府内の街路、海岸、河岸をくまなく測り、これまでの測量行の出発点となった千住、板橋、高輪などと日本橋をつないで測線を連結。これですべてのデータがつながり、あとはそれをもとに、日本全国の地図を仕立てるだけになった。

忠敬はこの測量に、時おり顔を見せたという。

すべての旅をたどり終えて、三人はほぼ同時にふーっと息をついた。

忠敬の旅の途方もない距離と、費やされた時間の重みと、それを支えた忠敬の、呆れるほどの根気と執念に圧倒されてしまったのだ。

「こうなったら、ぜったい見たくないですか、大河ドラマ『伊能忠敬』」

そう言って、木下が追加した日本酒を加藤のグラスに注いだ。

「ですよね……」と、加藤がつぶやく。

「でもねえ……」

池本もグラスを差し出し、木下の酌を受けた。

「やっぱり、地味かなあ……。毎週歩いてばっかりだもんね……」

「そうですねえ……」と言いながら、木下が食べ終えた落花生の殻をテーブルの上に細長く並べる。街道を行く伊能隊のつもりなのだろう。

「まあ、地味ですよね……」

「いや、まあ、そうですけど」

言いながら加藤がその落花生隊の真ん中のいくつかを、色鮮やかな包装のひと口チーズと交代させた。

「ジャニーズとか入れて派手な伊能隊にすれば……」

確かに「落花生の伊能隊」が華やかになった。

「こうすれば若い人たちも観てくれるかもしれませんね」

うんうんとうなずきながら池本が言うと、加藤はさらに続けた。

「それにですよ、歩く伊能隊のバックにはですね、毎週、各県自慢の風景が映るんですよ」

「おーっ、なるほどー」と木下の声も弾んでくる。

「考えてみたら、今まで大河ドラマがどのくらいあったか知りませんけど、毎週歩いている県が違って、毎週素敵な景色が見えるなんて、そんなの初めてじゃないですか」

「そうそう。そうだよな、木下」

あおる池本に、加藤のテンションも上がる。

「しかもですよ、測量隊が宿に泊まった時、御膳の上に並ぶのは、その土地土地の名物ですよ。それを忠敬さんがうまいな、これはうまいな、って毎週食べるんです。そしたら日本中の自治体の広報が全面協力じゃないですか。そんな大河、今までないでしょう?」

「いい!」と、木下が加藤を指さした。

「それいい!」

加藤の手を取ると、二人は固い握手をしたまま上下に振った。

「木下、明日から忙しくなるぞ。各都道府県に連絡して、ご自慢の景色と料理のリストを出してもらおう」

「了解です!」と答えて、木下は自分のグラスにドボドボと酒を注いだ。

「いやあ、なんか盛り上がってきましたね！」

「でも……よくわからないんですよね……」

加藤がぽつりと口にしたのは、三人でさらに杯を重ね、木下がいねむりを始めた頃だった。

「え？」

「いや……忠敬さんが地図作りを始めたのは、地球の緯度一度分の長さを測るためだったんですよね」

「はい」

「でも、その一度の距離は、確か第二次測量くらいまでには、きちんと算定されていたんですよね、二八・二里でしたっけ」

「ええ。それが何か」

「なのに、どうして忠敬さんは地図作りを続けたんでしょうか」

「……」

「緯度一度の距離、つまり地球の大きさがわかってからも、十五年近く歩き続けてるんですよ」

「なるほど……そうですよね……」

「それは何のためだったんでしょう……？」

「うーん……」と、腕を組んで考え込んだ池本が、抑えた声を漏らす。

「こういうのはないですか。名声が欲しかった、とか……」

「ああ、それはあるかもしれませんね。忠敬さんってそういう俗なところ、あったみたいですしね」

「そうなんですよ。結構普通のじいさんなんですよ。そういうところがいいんですよ」

「僕もそう思います。親近感が湧くって言うか。だから、気持ちはわかるんです。でもね、せいぜい頑張って一年が限度だと思うんですよ。しかもあの歳で、十五年も歩き続けるなんて、僕には考えられない」

「確かにねぇ……」

考え込む池本に、加藤は落ち着いた声で言った。

「池本さん、僕ね、明日から忠敬さんの作った地図見てきます。もう一回忠敬記念館行って、国会図書館行って、東京国立博物館行って、あと地方にもたくさん残ってるんですよね？」

「ええ」

加藤の言葉が池本にはうれしかった。

「全部は無理でしょうけど、なんならワシントンにも行ってきます。ワシントンの議会図書館で大量に発見されたんですよね？」

「いや、先生、そこまでしていただかなくても」

「異国の空気の中で伊能図を見たら、また違う発見があるかもしれないじゃないですか」

「いや、そうですけど……」

池本の顔に困惑の表情が浮かんだが、すぐにそれを自ら吹き飛ばした。

「……じゃあなんとか交通費くらいはうちの方で」

「いえいえ、池本さん、そんなご迷惑をおかけするわけにはいきませんから」

「いやいやいや、それは良くないですよ、うちのプロジェクトのために行っていただくんですから」

「いえいえいえ」

「いやいやいやいや」

別の話題になってしまったため、加藤が発した疑問は、放り出されたままになった。

しかし池本はずっとそのことを考えていた。

どうして忠敬さんは、地図を作り続けたんでしょうか——。

その答えは、これまで読んだどの資料にも載っていないような気がした。

文政三年十二月──伊能忠敬の四番目の妻、エイの話

もう二十年も昔のことになりますかね。その頃、深川の黒江町に住んでいたんですよ。

夏の、暮れ六ツ（午後八時頃）くらいの時分でしたか。

お湯の帰りに歩いていると人だかりがしているんです。

何かと思ってひとりに聞いたら、変なのが越して来てなあって目の前の家の屋根を指さすんですよ。

見たら、でっかい物干し台がありましてね。そこで、おじいさんがなんだかへんてこな道具に顔をくっつけて夜空を見上げているんです。

それからも近くを通りかかるたんびに、そのおじいさん、物干し台から空を見

上げてるんですよ。

何してるんだろうなあと気になるうち、何度目かにその人がこっちを見たんです。

「興味がおありか」って。

びっくりして、立ちどまって黙っていると、「昼前においでなさい、いつでもいいから」って。

なんだか胸がドキドキしましてね。

よしゃいいのに、何日かして思い切ってそのお宅に伺ったんです。

声をかけるとすぐに若い男の人が出て来て、中に入れてくれました。

驚きましたよ。一階の十畳ほどの広間が、紙だらけなんです。

その中に埋もれるようにして男ばかり十二、三人の若い人たちが、文机で算盤《そろばん》を弾いたり、畳の上に広げた大きな紙の上に線を引っ張ったりしてるんです。

何をされているのですかと聞くと、地図を作っていますって。地図？　地図って何ですか……？

そうこうするうち、二階から伊能の旦那が降りてこられました。あたしを見て、にこりと微笑んで手招きしてから、先をどんどん歩いて行くんです。

あわててついて行くと、縁側の先に庭が見えました。そこには、これもへんてこな大きな道具が三つも四つもごろごろ置かれているんです。それにも若い男の人たちがとりついて、何やら空を見上げていたり、記録を取っていたり、忙しそうにしてました。

旦那は縁側から、その道具をひとつひとつ説明して下さるんです。

「あれは圭表儀《けいひょうぎ》と言って、太陽の影の長さを測る道具です」

「こっちは子午《しご》線儀《せんぎ》。柱が二本ありましょう？　それを真北と真南になるように置いて、天体が南中した時を測ります」

もちろんこっちはチンプンカンプンでしたよ。でもとにかく熱心に、丁寧に教えて下さるんです。

そのまま今度は二階に連れて行かれると、また説明が始まります。

「これは象限儀《しょうげんぎ》というもので星の高さを測る道具です」

「星の高さがわかればその場所の緯度がわかる」

「その上で、二つの場所の距離がわかれば、地球の大きさがわかります」

そんな今まで耳にしたこともないような話を矢継ぎ早に聞かされているうちに、まるで夢の世界に来たような気分になってしまいましてね。

灯りに惹かれる蛾みたいなもんですかねえ、それから何度か部屋の片付けに伺ったり、皆さんの食事を作ったり、あの方の身の回りのお世話をしているうちに……あそこの家に住まわせていただくようになりました。

世間様はあたしのことを旦那の四番目の女房だと言ってくださいますけどね。でもあの方が本当にそう思ってくださっていたのか、それは今でもわかりません。籍も入れてはいただけませんでしたしね。

あの家にはお弟子さんがいつもたくさんいました。それに、天文方の若い人たちが毎晩のように来て、庭や物干し台の道具を使って天測をなさっていましたから、二人きりで話すなんてことは数えるほどしかありませんでしたし。

あたし、ほんの少しだけですけど算術の心得があったもんですから、言われるままに算盤を弾いたり、象限儀の目盛りを読んで天測のお手伝いをしたりもしていました。

だから、やっぱり、便利に使える女ということだったんじゃないでしょうかね。

とにかくあの家にいると疲れるんですよ。

旦那に叱られないようにって四六時中緊張しっぱなし。いつも気を張ってないといけませんでしたから。

お弟子さんたちも皆そうでしたよ。

なにしろ、どんな小さなことでも、間違いは絶対に許さない人でしたからね。

うっかり天測の時間に遅れたり、目盛りを読み違えたり、算盤を弾き損ねたりした時なんかもう、生きた心地がしませんでしたよ。

「どうしてこんな簡単なことを間違えるんだおまえは」って……。そんなね、理由なんかありませんよ。ぼんやり、うっかりすることだってありますよ人間。あたしはこんなガサツな女だからいいですけどね、まだ二十歳そこそこの若いお弟子さんたちが毎日のように、しかも満座で叱られるんですから、それはかわいそうでしたよ。耐えきれなくて辞めていった人も少なくはないんですよ。

——地図というのはたった一ヶ所いい加減なことをしただけで全部が崩れていくんだ。

よく言ってました。

だから仕事に対して厳しいのはまだわかるんです。

それが家事全般、ここに暮らす人たちのみだしなみや箸の上げ下ろし、つまり居住まいのすべてにわたっていちいち口出ししてくるんですから、たまったもんじゃないですよ。

すべてが自分の思い通りにならないと嫌な人なんです。

三度の食事の献立とか、おやつに何を出すかとか、そんなのあたしらに任せてくれればいいんですよ。なのにそんなことまで旦那が決めるんですから。

あれはいつのことでしたか……お米の出入り帳がたまたま目に付いたらしく、しげしげと旦那が眺めていたんです。

すると、みるみるうちに顔色が変わって。佐原から送られてくるお米の量と、あの家で食べた量が違うってことに気づいたんですよ。

さあ、それから大騒ぎ。地図の作業を止めて犯人捜しですよ。

丸一日かけて調べてみたら、なんと飯炊きの下男がお米をちょろまかして勝手に売りさばいてたんです。その時の旦那の怒りようと言ったら雷様よりすごかったですよ。

でも明くる日、ピタッとその怒りが鎮まって静かになっちゃったんです。

こわごわお茶を差し上げると、ぽつりと、「自分が悪かった」って言うんですよ。

それから家中の出入り帳はすべて旦那が見ることになりましてね。夜、四ツ（午後十一時頃）の鐘が鳴ると、全員ちゃんと家にいるか、見て回るようになったのもその頃からですよ。

でも不思議とあの人の周りにはたくさん人が寄ってきましてね。黒江町の家はいつもにぎやかでしたよ。

人に厳しい反面、気に入った人にはとことん面倒見る方でしたからねぇ。

ご近所でも人気者でしてね。

行きつけのお蕎麦屋さんに皆さんをお招きして星の話をしたりして、それは喜ばれていましたよ。いつも気難しそうな顔してますけどね、話し出したら止まらないんです。

それに、お弟子さんたちが、よく旦那を支えてくれましてね。

測量の旅に出ると二ヶ月も三ヶ月も、下手すりゃ何年も、毎日お酒も飲まずに測量と天測に明け暮れるんです。

測っている間は地図を描かず、結果を細かく記録するだけで、それを宿に帰ってから整理するんですって。

昼間に歩き回って、宿に着いても息つく暇なく記録をまとめ、その上で天測もやらなきゃいけない。

なのに皆、文句も言わず、手を抜かずに作業し続けてくれる。

旦那もあの歳ですからここが痛い、あそこが痛いとすぐに寝込んでしまうんですが、その時も実の親のように、若い人たちが身の回りのことをしてくれるんです。

よほどお弟子さんたちに恵まれたんでしょうね。

それとも、やっぱり旦那という人間の徳なんでしょうかね。

え？　あたしですか……？

あの家に住むようになってから、何年経っていましたかね。

ある日、旦那がひとりのお弟子さんを、叱り始めましてね。

旦那もよっぽど疲れてたんでしょう。老いたということもあったんじゃないでしょうか。

それはもうひどい言い方で。おまえみたいなやつは顔も見たくない、今すぐ出て行けって。

……その様子を見ているうちに、どういうわけでしょうかね……ああ、あたしもいつかこうやって捨てられる日が来るんだろうなって思えてきましてね。

もうどこか限界だったのかもしれません。

あの家に入れてもらってからずっと、優しい言葉のひとつも、かけてもらったことはありませんでしたから……。

隠れるように家を出て、黒江町には戻りませんでした。

半年くらいして偶然、町でお弟子さんの一人と出くわしましてね。そしたら、「先生、ずいぶんエイさんのことを捜したんですよ」って。

でもそれは嘘ですよ。気を遣ってそう言ってくれたんでしょうけど、あの人は出ていった女を捜すような人じゃありませんよ。

ただ、今でも時々、思い出すんですよ。旦那に怒鳴られながら、予定に追われてピリピリしながら、それでもお弟子さんたちとみんなでわぁわぁ言いながら、天測をしたり、地図を作ったりしていた時のことをね。

くやしいけど、本当にいい時間だったなぁって……しみじみ思ったりするんですよね。

伊能忠敬は生きている?

1

市役所の食堂で、池本はうどんをすすっていた。

企画書作りは順調に進んでいる。前のプロジェクトが残したものに加え、「伊能忠敬没後二百年」というタイムリーさを前面に押し出してアピールした。

佐原の古い町並みや大祭の映像資料も準備した。各都道府県の絵になる風景とおすすめ料理を木下がリストアップしているが、それがまとまれば、企画書はほぼ出来上がる。

あとは加藤の原稿だけだった。

と、目の前に定食のトレーが置かれ、男が座った。

企画調整課長の西山だった。

「まだなのか、肝心のプロットってやつは」

〈伊能忠敬大河ドラマ推進プロジェクト〉は未だに企画調整課の下に置かれている。したがって西山は、形式上、池本の上司だった。

「今年中には、何とか」

「悠長な話だな」

とりあえず無視することにしたが、西山の言葉は終わらなかった。

「ワシントン行きの交通費、もう要らないんだって？」

やっぱりその話か——。

ワシントンで伊能忠敬の地図を見たいという加藤の意気に応えようと、池本は交通費の支給を申請していた。

しかし一週間ほど前、「ワシントンは諦めます、軽々しいことを言ってすみませんでした」と、電話があった。

二〇〇一年、研究者らの尽力により、アメリカ・ワシントンにある議会図書館内で大量二〇七枚もの「伊能大図」が発見され、大きな話題になった。加藤はそれを覚えていて、見に行きたいと上野の居酒屋で思わず口にしてしまったのだが、よく調べてみると、ワシントンの「大図」は明治時代、陸軍が作製した「模写本」で、多くは彩色もされていないらしい。学問的には重大な発見だろうが、プロット作りのためにわざわざ交通費をかけて見に行かなくてはならないものではないようだ。加藤はそう電話で謝った。

池本は申請を取り下げたが、それを知って西山はプロット作りの状況を心配し、声をかけてきたのだろう。

「加藤先生は、うちに金を使わせないようにって気を遣ってくれたんだ」

「……そうか」

西山はメシを口に運びながら、池本の顔に目をやった。

「あ……これ言ってなかったな」

「ん？」

「大河プロジェクトは今回限り。今度NHKに出す企画書が採択されなかったら、香取市としては撤退することになる」

池本もそのつもりだった。

「わかってるよ」

「そうか。なら、いい」

そのまま二人は無言で食事を続けた。

2

カーテンを閉め切った薄暗い部屋の中で電話を切ると、加藤は大きなため息をついた。

時計を見れば昼の十一時半。いつもならまだ寝ている時間だ。気分を変えようと、窓を開け風を入れた。池袋から私鉄で二駅。マンションとは名ばかりの1LDKが加藤の仕事場兼自宅だった。

部屋の隅の仕事机にパソコンが置かれてはいるが、その周りには資料が散乱し、デスクの下まで同じような状態だった。自分の頭の中と一緒だなと、加藤は思った。

これまで何度、よしいける、これで伊能忠敬の大河ドラマのプロットを書けると思ったことか。だが伊能忠敬という書物のページを開くたびに、新しい伊能忠敬が出てくる。いろんな顔をした伊能忠敬が脳裏に浮かんでは消え、頭の中は未だ混乱している。なのに今の電話で池本には、順調に進んでいると言ってしまった。

しかし、どうやら池本は何かを察したらしく、

「何でしたら、途中まででも結構ですから。あとは、『続く』ということで」

と、いつもの明るい口調で言った。

「まあ、わたしにはわかりませんけど、伊能忠敬という人間の、先生から見て、いちばん面白いなあ、すごいなあと思っているところを、思い切って書いちゃって下さい」

ありがたい言葉だったが、

「そこが難しいんだよなあ」

と、加藤は一人、愚痴をこぼし、ゴロリとソファの上に横になった。

伊能忠敬の人生に、加藤が何より強く感じるもの……それは「無念」の二文字だった。

最初にそう感じたのは、池本に連れられて初めて伊能忠敬記念館に行った時だ。あれほど精緻な地図を十七年もかけて作ったのに、それがすべて失われてしまっていると池本から聞いた時、さぞやあの世の伊能忠敬は無念だろうなと思った。それは「偉人」である伊能忠敬に対して初めて抱いた感情だった。彼の人生にのめり込んでいったのはそれがきっかけだった。

しかし、池本たちと勉強会を開き、自分でも調べていくうちに、もっと大きな忠敬の「無念」を知った。

それは、幕府に献納する「大日本沿海輿地全図」を、忠敬がその手で完成させることができなかったというものだ。

すべての測量を終えた伊能忠敬は、「大日本沿海輿地全図」を作成中の文政元年(一八一八年)、病の末にあえなくこの世を去っている。

年表を見て最初に知ったときには心の底から驚いた。正確な地図を作ろうと十七年も歩き続けて、その挙句、完成した地図を見ることなく伊能忠敬の命は潰えたのだ。やりたいこと、やらなければいけないことを、この世に残したまま……。

伊能忠敬の人生をドラマにしようとすると、どうしてもそこをラストに描かざるを得ない。そうなると、下手をすれば「夢を果たせなかった男」という後味の悪いものになってしまう。

四十九話まで、果たして伊能忠敬は「大日本沿海輿地全図」を完成させることができるのか? という興味で視聴者を引っ張っておきながら、結局、できませんでした、というラストで幕を閉じるのはいかがなものか。

あるいは第十次の測量までをきちんと描いて、その後、無念のうちに亡くなったことはナレーション処理であっさり伝えるという手もあるかもしれない。しかしそれではドキュメンタリーのようで、物語としての感動など覚束ない。なんとかしてドラマの中だけでも、忠敬さんの人生に大団円を迎えさせてやれないものだろうか……。

ずっと考えているのだが、結局何も生まれてこなかった。

パソコンの電源を入れ、ディスプレイにデジタル化された伊能忠敬の地図を映し出した。

ネットで検索すると、国土地理院のデータなど、パソコン上で見ることのできる忠敬の地図がたくさんあった。

実際に歩き、測量した箇所しか描かれていないため、伊能忠敬の地図は一見、白地の多いスカスカな印象を与える。今映し出されている東北地方の「大図」もそうだ。

だがマウスでクリックして拡大していくと、実に細やかに測線や、村の名や、山や川や集落が描かれているのがわかる。

なんと丁寧な仕事なのだろう。加藤は忠敬の地図を見るたびに感心してしまう。

でもこの美しい地図のすべてを、伊能忠敬はその目で見ていないのだ……。

——いっそ、地図が完成して、将軍家斉にそれを献上するまで、忠敬が生きていることにしてしまおうか。

そう思ってもみたが、さすがに史実としての嘘をつくわけにはいかない。

忠敬亡き後、最後まで地図を仕立て上げたのは、高橋至時の長男として幕府天文方を継いでいた高橋景保《かげやす》であり、忠敬を長年支えてきた内弟子たちと天文方の下役たちだ。「大日本沿海輿地全図」は、彼らの手によって完成したのだ。

そこまで考えて、ふと加藤の脳裏に浮かぶものがあった。

資料の山の中から一冊の資料本を取り出し、その最後にある年表のページを広げる。

指でたどっていくと、最下段に、

〈文政四年（一八二一年）七月「大日本沿海輿地全図」完成。幕府に献上される〉

とある。

その後に続く文字を見て、ピクリと加藤の眉が寄った。

これまでにも読んだことがあるはずだった。

しかし同じ文字が、今日は違った響きで、頭の中に何度も繰り返された。

「これは、どういうことだったっけ……？」

年表を閉じて、他の資料もいくつか当たった。文字を追っていくうちにだんだん胸が熱くなってくる。

「そうか……」

机の上に散乱した紙の中からメモ帳を見つけ出して、加藤はこう書きつけた。

〈伊能忠敬は死んだ後も生きていた……？〉

しばらく思案を巡らせたあと、加藤はワープロソフトを立ち上げた。

そして、静かにキーボードを叩き始めた。

文政四年二月——伊能忠敬の上司、高橋景保の話

伊能忠敬殿が浅草の司天台《してんだい》を訪れ、父、高橋至時に弟子入りを乞うた時、幼かった私は、まだ大坂におりました。

父は同心の身から天文方に取り立てられ、一人で江戸に向かったばかりでございました。

ちょうど同じ頃に、伊能殿が佐原から江戸に出てこられたというのも、奇しき縁なのでございましょう。

二年ほどして我ら家族も江戸に移り住みました。

越してきた翌日、久々に天文学の講義を受けるために父の部屋へ向かうと、真っ黒に日焼けしたご老人が一人座っておりました。

「一緒に学ぶ、伊能忠敬殿です」

父の紹介に、深々と頭を下げられます。なぜこのようなご老人が、と私は不思議でございました。

そのとき私は十三歳。伊能殿は五十三。四十も歳の違う我ら二人が、父の前に机を並べて講義を受けるというのですから。

ご承知の通り、父、至時は偉大な学者でございました。算術、天文暦学の第一人者として最新の学問に基づく「寛政暦」を作り上げ、見事に改暦を果たしました。

明晰な頭脳、学問への真摯な姿勢、そしてたゆまぬ努力を続ける信念。いずれをとっても、父はまさに百年に一度の天才……そう申し上げても、決して身贔屓《みびいき》ではございますまい。

その父から、我々は最も新しい西洋流の天文学を学びました。

伊能殿は佐原時代に、天文についてずいぶん学ばれたらしいのですが、父の講じる理論は、複雑かつ難解で、理解するのに相当苦労されているようでした。

その頃はよく、黒江町にあった伊能殿のご自宅に伺って物干し台に上り、一緒に天測の稽古をしておりました。

いつでしたか、父の前では決して口にすることのできない弱音を、伊能殿に漏らしたことがございました。

「私には父のような才能などないのです」

私はやがて父の仕事を継がねばならない立場にありました。

しかしいくら勉学に励んだところで、父のような天賦の才を持った人間との差を思い知らされるだけでした。

その時、伊能殿は覗き込んでいた象限儀《しょうげんぎ》の望遠鏡から目を離すことなく、このようなことを言われました。

「才能がなければ才能がないなりに生きるだけです」

それは伊能殿も私と同じ思いであったということなのか、あるいはその頃にはもう伊能殿は、自分なりの道を見つけていたということだったのかもしれません。学問ではなく、測天量地《そくてんりょうち》で名をなそうとする道を。

その頃、伊能殿は測量の腕を磨くことに夢中になり、京や江戸の時計師にたいそうな額を払って次々と新しい道具を買いこんでいました。そのため黒江町には、わが司天台よりも進んだ道具がいくつもございました。

毎日伊能殿は、朝方に司天台に参ります。そして父の講義を受ける。ところが昼前になるとそわそわし始める。早く黒江町に戻って太陽の南中高度を測りたくてしょうがないのです。

講義が終わるとまさに脱兎のごとく駆け出して、猪牙舟《ちょきぶね》に飛び乗って川を下って黒江町に戻っていく。

そのあと、また戻って来て講義を受ける。

夕方になるとまたそわそわして、天測のために急いで帰る。

毎日毎日、黒江町と司天台の間を歩測していた時期もありました。

朝は講義、昼は歩測、夜は天測と休みもなく続けたために、さすがの伊能殿も身体を壊し、しばらく寝込んだこともございました。

「あれは測りすぎだ」と、父が心配するほどでした。

そのような努力が三年、四年続いたでしょうか。

それを認めた父は、子午線一度の算定という念願の事業を伊能殿に託しました。

そして若年寄、堀田摂津守様の後ろ盾を得て、ついに測量の旅が始まりました。

五年前、佐原から出てきた老人を弟子にした時、まさかこのようなことになるとは、さすがの父も予想だにしていなかったことでしょう。もしかしたら、何か大いなる力が、伊能殿を自分の許に遣わしたのかもしれない。そう感じていたのではないでしょうか。

地図作りがお上に認められて軌道に乗り、東日本の測量をほぼ終えた頃、父は、四十一歳の若さで亡くなりました。

臨終の床に、伊能殿はおりました。ちょうど四度目の測量行から帰ってきたばかりで、記録の整理に追われているさなかのことでした。

その悲嘆、憔悴ぶりには、肉親を失った我々でさえ、心痛むものがありました。

しかし伊能殿が地図作りを再開したのは、わずか四日後のことです。

父、至時から託された事業を最後まで成し遂げること。

それが師の恩に報いることであり、自らの天命である。

伊能殿はそう心に刻んでいたのかもしれません。


父が亡くなった三ヶ月後に、私は天文方に任ぜられました。まだ二十歳でございました。

「西国の測量を誰に任せるか。天文方として考えを申してみよ」

堀田摂津守様のお屋敷にご挨拶に伺った際、そのように問われました。

実を申し上げますと、蝦夷地、東国に続く西国の測量を、父は伊能殿ではなく、他の者に任せるつもりでおりました。

さすがに歳を取りすぎている。そのような配慮があったのでしょう。

しかし私は、堀田様に申し上げました。

「できうれば、このまま伊能にやらせていただきたく存じます」

「他に代わる者はいないかもしれぬな……」

そのころにはもう、伊能殿は当代一の測量家として名を成しておりました。

そして堀田様は、伊能殿に西国測量を命ぜられました。

その堀田様から伊能殿が直々におほめの言葉をいただいた日のことは、忘れも致しません。

「元百姓、浪人」という身分から、初めて江戸城中に召されたのですから、それは天にも昇る心地であったろうと思います。

わが高橋家の一同、そしてかねてから世話になっている天文方の下役たちが総出で見送りをして、伊能殿は江戸城へ向かいました。

城中、西の丸の焼火間で、堀田様は直々にお会いくださいました。

畳に額をこすりつけるように平伏している伊能殿に、堀田様はこのような言葉をかけられたそうでございます。

「伊能、諸国海辺測量、ならびに地図作成御用、誠に大儀である。上様も完成を心待ちにしておられるぞ」

そのとき伊能殿はただただ涙に暮れていたと、後に堀田様から伺いました。

その後、小普請組十人扶持に取り立てられ、晴れて幕臣となった伊能殿は、さらなる地図作りのため天文方への出役を申し付けられました。そして「天文方手伝い」、すなわち、私の配下となりました。

以来、手を携えて、一日も休むことなく地図を作り続けてまいりました。

七年ほど前、黒江町の家が地図作りには手狭になったからと、伊能殿は八丁堀亀島町に移りました。

引越しの前日、黒江町の最後の夜に、伊能殿とふたりで、久しぶりに物干し台に上り、昔のように象限儀をのぞきました。

星を見上げながら、伊能殿は父との思い出を話しました。

父の講義があまりに難解でため息をついた時のこと。

算出した緯度一度の値が、最新の西洋の天文学書に記されていた値と一致していると知って、師弟で声をあげて喜び合った時のこと。

そして、こんなことも言っておりました。

どんなに精密に地を量っても、どうしても誤差が生じる。その誤差がたとえかすかなものであっても、それを放っておけば、やがて取り返しのつかないことになる。だから先生に教わった通りに、天の星の位置を測って、方位や推算が正しいかどうかを験《ため》す。

「いわば私は毎日、天に答え合わせをしてもらっているようなものです。そこにはきっと先生がいらっしゃって、愚かな弟子の、その答え合わせにつき合って下さっているのですよ」と。

あの方は、地を量り、天を測ることのすべてを自分の手でやり遂げなければ気の済まない性分でございます。

地図の最終仕上げの途中で、記録に若干の齟齬《そご》が見つかったとのこと。齢七十半ばを過ぎた老身で、今再び、自ら測量に出向いております。

早急に本人を伴ってご挨拶に上がらねばならないことは重々承知しております。しかし世に比類なき精緻な大日本地図をこしらえあげ、上様に一日も早くご覧に入れたい。

その伊能殿の情熱、いや執念に免じて、どうかもうしばらくお待ちいただけますよう、お願い申し上げる次第でございます。

最終プレゼン会議まであと十九時間

1

総務課から借りてきた客用の湯呑み茶碗を手に、木下がプロジェクト室に戻ってくると、電話が鳴っていた。

見れば池本は窓から空を見ながら、何やら考え事をしている。

「主任、電話ですよ」

「あ、ああ」

池本はゆっくりとデスクに向かい、受話器を取った。

「はいもしもし、伊能忠敬大河ドラマ推進プロジェクト……ああ先生、どうもどうも」

相手が加藤であることが、木下にもわかった。

「……え？　……ああ、そうですか。わかりました。……いえいえ、そんな気になさらないで。来ていただけるだけでうれしいんですから……はい……え？　変更？　……まあ、それはおいでになってからで。はい。ではお待ちしております」

受話器を置くと、池本は大きなため息をついた。

「加藤先生、ちょっと遅れるそうだ」

「え。どのくらいですかね？」

「十五分遅れだって言ってたな、特急が」

「なんだ、ぜんぜんオッケじゃないすか」

「オッケじゃないよ。なんでこんな日に遅れるかな、ＪＲは」

「ま、主任、そうピリピリしないで」

「するだろう。どういう日だと思ってるんだ」

「わかってますよ。今日でほぼ九ヶ月にわたる我々の努力の命運が決まるんですよ。僕だって朝から仕事が手につかないんですから」

「仕事が手につかないのはいつもだろ」

「はいはい。今日はそういうの全然気になりませんから。なんせ超楽しみにしてますからね」

その日、加藤が全五十話のプロットの原稿を持ってくることになっていた。

こちらから取りにあがると池本は言ったのだが、これはちゃんと香取市佐原の地で渡したいと、加藤は譲らなかった。

「加藤先生っていい人ですよね」

「だよなあ。最終プレゼンは年が明けた来月の今日だったのが、うちの都合で勝手に早くなって……なのに嫌な顔ひとつしないで間に合わせてくれたんだからなあ」

「ほんとですよね。いや、こんなこと言うのも何ですけど、初めて加藤先生と会ったとき、こんな若いので大丈夫かって正直思ったんです。だって、伊藤忠敬って言ったんですよ?」

「ああ、そうだ、そうだ」

「それがいつのまにか、ぐぁーっと忠敬《ちゅうけい》さんに前のめりになっていって。僕ね、今回の主任の一番のお手柄は、何と言ってもあの加藤先生を選んだことだと思うんですよ。主任、グッジョブ!」

木下は例によって、親指をぐいっと立てた。

「ほんと、主任はいつもグッジョブです!」

「言ってるだろ。そのグジョグジョはやめろ」

「グジョグジョじゃなくてグッジョブ!」

「わかってるよ! おまえがそうやって親指立てるたんびに、俺はムカッと来るんだよ」

「またあ、そうやってピリピリする……とにかく素晴らしいプロットが上がってくるといいですね……あ、そういえば主任、さっき変更がどうしたとか言ってましたけど？」

「ああ、加藤先生がそんなことをね」

「何の変更でしょうね」

「まあ勉強会で言ってたことと多少違ってきたってことなんじゃないの？」

「あ、じゃあ、なおさら楽しみですね」

時計の針は約束の十四時を三十分ほど回っている。

池本は椅子から立ち上がると、「まだかねえ……」と、窓から庁舎の玄関の辺りを心配げに見下ろす。

木下も落ち着かないのか、会議テーブルに用意した落花生の殻を一つ割った。

その時ノックの音がした。

木下が駆け寄ってドアを開けると、加藤の顔があった。

「加藤先生！　お待ちしてました！」

「わざわざおいでいただいてほんとにありがとうございます」

池本も駆け寄り、笑顔で加藤を迎えた。

「遅くなりました。すみません」

加藤はどこか硬い表情で頭を下げた。

2

客用の湯呑み茶碗に木下が茶を注ぎ、会議テーブルの上座に座っている加藤の前に出した。

「謝らなきゃいけないのはこちらの方ですよ。締め切りを一ヶ月前倒しにするなんて、役所というのはそういうところでしてね。ほんと、申し訳ないです」

今度は池本が深々と頭を下げた。

「とんでもないです。そうやって時間を区切ってもらった方が逆にありがたいです。思い切って頭の中にあるものを全部出せますから」

「へーっ、そんなもんなんですか？」

言いながら、池本と自分の分の茶を置いて、木下も座った。

「おい。加藤先生は気を遣ってそう言ってくださってるんだ。先生、本当にありがとうございます。今ね、市役所の全コピー機が止まってるんですよ。その前に担当の人間もスタンバイしてます」

企画書の他の部分はすでに出来上がっている。あとは加藤の原稿を受け取り、コピーして製本するだけだった。

それをもとに明日の最終プレゼン会議で、市長、副市長をはじめとする市の上層部に最終報告をする。ゴーサインが出たら、いよいよＮＨＫとの交渉だ。全ての命運は企画書の目玉である加藤のプロットにかかっていた。

「それで、こちらから締め切りを早めておいてこう言うのも何ですけど……原稿の仕上がりは、どんな感じで？」

加藤は「ええ……」と視線を落とした。

「まあ……地味でした」

「ああ……でも先生言ってましたよね。ジャニーズも入れて測量隊はパーッと派手なキャスティングにしようって」

「ええ……そういうことは出来るんでしょうけど……でも考えてみたら映画なら二時間で終わっちゃいますけど、大河ドラマは五十回なんですよね。どんなに派手に測量隊作っても、毎週毎週歩いてるだけではどうにも……」

「でも、毎週各県のいい景色の中を測量隊が歩くんですよね？」

「まぁそれも、ちょっと長めの『世界の車窓から』と変わらないですし……」

加藤はどこか浮かない表情をしている。それが池本は気になり始めていた。

「でもあれっすよね？　測量隊は宿で、毎回各県の名物食べるんですよね？」と木下が加勢しても、

「まぁそれも、ちょっと長めの『くいしん坊！万才』と変わらないというか……」

と、力なく答える。

「あの、先生、元気ですか？」

「……え?」

池本があわてて言葉をつないだ。

「だよな木下、先生、なんか声に張りがないよなぁ……ああ、徹夜ですか。それは申し訳ないなあ」

「いえ」と、加藤が顔を上げた。

「どんなにグズグズごまかしても、結局言わなきゃいけないので……」

「え? なんでしょう?」

「すみませんでした……できませんでした……」

「は?」

池本は訳がわからずポカンとする。

「……できませんでしたというのは……?」

木下がフォローに入る。

「先生、何ができなかったんですか?」

「大河ドラマ『伊能忠敬』のプロットです。本当にすみません」

池本が無理に笑みを作り、自分に言い聞かせるように言った。

「ああ、そうか、全部はできてないってことか。いやいや、先生、電話でも言いましたけど、途中まででいいんですよ。あとは『続く』ってことで」

「いえ……それも……すみません」

「え？」

戸惑う池本に、すかさず木下がクククと笑い出した。

「やだなあ先生。冗談言ってる時間ないんですよ。明日ね、最終会議、朝の九時からなんです。あと十九時間しかないんですよ。もうやるべきことは全部やって、後はその先生のバッグの中にある原稿をコピーして、前と後ろを合わせて製本するだけなんですから」

「冗談で言ってるんじゃないんです。本当なんです……」

沈黙がその場を覆う。

木下が何とか言葉を絞り出した。

「じゃあ、先生……マジですか。本当に原稿できてないんですか……？」

「……はい」

「嘘でしょ……？　だって、主任と二人で先生に頼まれたこと、全部やりましたよね？」

「……はい」

「『伊能メール』も送ったし、この資料が欲しい、ここ、どういうことか専門家に聞いてほしいって言われたらすぐに手配しましたよね？」

「……はい。本当にすみませんでした」

池本は肩をしぼませて、固まったまま動かずにいる。

「主任、何歳だと思ってます？　五十八ですよ。伊能の時代ならとっくにいない歳なんですよ。そんな主任の夢だったんですよ、この伊能忠敬の大河ドラマは。先生だって知ってるでしょう？」

「いや……」

ようやく池本が掠れた声を出した。

「わたしのことはいいんだよ」

「よくないですよ。先生、昨日今日頼んだんじゃないですよね？　東京駅の前でみんなで『伊能歩き』してから、一年近く経ってるんですよね？　なのに……何もできなかったって……それでもあんたプロ⁉」

その言葉に、加藤の顔が苦しげに歪んだ。

「……何もできなかったって言われると……なんか悔しいし……何もできなかったわけじゃない……」

それを聞いて一瞬「ん？」となった木下が、すぐに「なーんだ」と笑い飛ばすような声を上げた。

「主任、大丈夫ですよ！」

「ん？　どういうこと？」

「先生、書いてくれてるんですよ！」

いや、と加藤が顔を上げると、まるで井戸端会議の主婦のように、木下が「んもう！」と手のひらでツッコミを入れた。

「先生かんべんしてくださいよ。マジで怒っちゃったじゃないですか。先生の業界のテクニックなんでしょ？　割と低いところから出ておいて、ハードル下げといて、最後にヒューッと飛んで喜ばすっていう。もうじらさないでくださいよ。早く出しましょうよ、原稿。ね？」

「……」

仕方なく、加藤はバッグの中から分厚い封筒を取り出した。

「ありがとうございます！」

と池本が手を伸ばした。しかし、

「待ってください」

テーブルの上の封筒を押さえるように加藤は手を置いた。

「池本さん……本当に、すみません……」

「え。それ原稿なんですよね……？」

「……でも、できてないんです……」

池本は木下と無言で顔を見合わせた。

加藤はバッグの中から一冊の資料ファイルを取り出した。

赤い付箋のついていたページをめくると、伊能忠敬の年表が出てくる。向きを変えて、その年表の最後のページを池本の前に示した。

「ここ、見てください」

池本が首を伸ばす。

「〈文政元年（一八一八年）四月十三日、伊能忠敬死去〉とありますね」

「ええ。それが何か?」

「その三年後、〈文政四年（一八二一年）七月、「大日本沿海輿地全図」完成。幕府に献上される〉となってます」

「ええ……。忠敬さんは、地図の完成を見ることなく亡くなったんですよね。無念だったでしょうね……」

「それに続くカッコの中を見てください」

そこには、

〈同年九月、伊能忠敬の死、世間に公表される〉

とあった。

「ええ、ええ。これね、他の本にも出てたんですけどね、これどういうことだろうって言ってたんですよ」

「そうなんですよ。とっくに亡くなってるのに、わざわざ三年後に公表って……もうみんな知ってるだろう、って」

「あんな立派な地図が完成したのを記念して、改めてお別れ会とかやったのかなとかね」

「でなきゃ、ミスプリ？　みたいな」

加藤は何も言わずその資料ファイルを手に取った。そして今度は青い付箋のついたページを開いて、改めて二人の前に置いた。

「これは伊能忠敬の、今でいう死亡届です」

興味深そうに身を乗り出して、池本と木下はそこに書かれている文字を追った。


伊能勘解由忠敬儀、長らく病気療養中でしたが、養生叶わず、今四日未の中刻、逝去いたしました。

ここに、お届けいたします。


「日付は『文政四年九月四日』となっています。ご丁寧に死亡時刻まで書いてあります。『未の中刻』というのは、今の十四時過ぎくらいでしょう」

「え？　……ということは……」

池本は頭が混乱してきた。

「……どういうことですか？」

「じゃあ、伊能忠敬は二度死んだってことですか」

能天気な木下の言葉に、池本が声をひっくり返す。

「そんなわけないだろう！」

加藤がうなずいた。

「ええ、そんなわけはありません。忠敬が亡くなったのは、文政元年です。亡くなって二ヶ月後の六月に、上野にある源空寺に、永代供養料が支払われています」

池本がゆっくりとため息をつく。

「……先生、一体、どういうことなんですか？」

加藤がファイルを閉じた。

「年表に書いてあった通りです。忠敬の死は、地図を幕府に上呈した二ヶ月後に、初めて公表されたんですよ」

「じゃあ忠敬さんが亡くなったことを、世間は知らなかったってことですか？」

「隠してたんです」

「隠してた？」

加藤が何を言わんとしているのか、池本にはまだ見えない。

「幕府がですか？」

「いえ、幕府はそんなことはしません。する必要もありません」

「じゃあ、誰が？」

「高橋です」

「高橋?」

「高橋景保です。いや、景保一人で考えていたというよりは……」

加藤は噛みしめるように、ある名前を口にした。

「おそらく、友人の綿貫善右衛門……」

続いて淀みなく名が挙がっていく。

「弟子の箱田、尾形、保木、平山……。天文方下役の下河辺、今泉、青木……。もしかしたら……エイさんこと、大崎栄《エイ》もいたかもしれない……」

「あの、家を出て行った四番目の奥さんですか?」

加藤は木下にうなずいて見せる。

「地図の仕上げに関わる者、皆がそうしたい、そうさせてくれと、景保を説得したのでしょう」

「でも……いったいどうして……?」

池本が自分に声を向ける。

「わかりません……それに関しては何も資料が残っていないんです。当然ですよね、みんなで誰にも知られないようにしていたんですから」

「そうか……」

「なので……ここからは僕の勝手な想像になりますが……」

「……聞かせてくれませんか」

木下もうなずく。

加藤はまるで独り言のように静かに語り始めた。

「忠敬が亡くなったことが幕府に知れたら、地図作りは終わりになると思ったのでしょう……。ただでさえ当初の見込みを大幅に超えた、膨大な年月と、莫大な費用がかかっています。幕閣にはそれをよく思わない人間が少なくなかったはずです。そんな中、高橋景保が慎重に根回しして、なんとか地図作りを続けてきたんです。そこに忠敬が死んだとなれば、ほら見ろ、結局完成しなかったじゃないか、という者が必ず出てくる。そうなれば、幕府は地図作りから手を引くことになる」

池本と木下は、言葉を挟むことなく、じっと加藤の話を聞いている。

「たとえ作業の続行が許されたとしても、日本全土の地図が仕上がるまでにあと何年かはかかる。そして完成に至っても、そこに忠敬はいないのだから、その力が認められることはない。そんなのおかしいでしょう！」

加藤は思わず声を昂らせた。

「この地図は、紛れもなく伊能忠敬が作ったものだと。忠敬が命をかけてこしらえたものだと。あくまでも彼の手で完成させたものだと……それを世に知らしめ、その地図を後世に残すことが自分たちの責務だと……そんな伊能隊、皆の思いは、高橋景保もよく理解できた。いや、景保自身が一番そう思っていたのではないでしょうか」

憑かれたように一気に話し終える加藤を、池本と木下は無言で見つめていた。

加藤はふと我に返り、また頭を下げた。

「すみません……今さらこんなことを……」

この有能な青年は、きっとこの数ヶ月間、ひとりで悩み抜いたのだろうと、池本は思った。

「いえ、続けてください。聞いていますから」

その横で木下もうなずいた。

自らが創作した今から二百年前の物語を、加藤は再び静かに語り始めた。

「伊能忠敬が亡くなったその日、文政元年四月十三日の夜、高橋景保は心を決めて、父、至時の墓のある、上野の源空寺へと向かったのです」

封筒の中のプロット

1

「東岡高橋君墓」

月明かりが墓碑を冷ややかに照らしている。「東岡」は父、高橋至時が生前好んで用いた号だ。

景保は墓前で膝を折ると、目を閉じ、手を合わせた。

すでに心は決め、それを報告するために来たつもりだったが、未だ迷いは消えていなかった。

地図が仕立て上がるまでどのくらいの時間を要するのか、見当もつかない。

それほど、膨大な量の作業が残っている。

その間、忠敬の死を隠し通すことができるのか。

もし露見すれば、高橋家の一族郎党に至るまで累が及ぶ。

父、至時の輝かしい遺功にも泥を塗る。

そればかりではない。

部下である天文方の下役たち。長年の付き合いで気心の知れた内弟子たち。

その家族をも巻き添えにしてしまう。

景保は眼を開き、答えを求めるように父の墓を仰ぎ見た。

そのとき、景保の脳裏に聞こえてきたのは、あの日、黒江町の物干し台での、忠敬の言葉だった。

象限儀から目を外した忠敬は、珍しく景保に向かって微笑みかけた。

「私もこの歳になってすっかり耳が遠くなってしまいました。お迎えがきたら、東岡先生のお側近くに参りますよ。そうしないと答え合わせの声が聞こえませんからな」

そのとき、不覚にも涙が一筋、景保の頬を伝った。

父の墓碑に頭を下げると、景保は源空寺の本堂へ向かった。

「和尚、申し訳ございません。このような夜分に」

頭《こうべ》を垂れる景保の前に和尚が座った。

「いえいえ、どうなさいました」

「本日昼過ぎ、伊能忠敬殿が亡くなりました」

「……」

一瞬、放心したように、和尚の口が開いたままになった。

しかしやがてその事実を、嚙み締めるように受け入れた。

「そうでしたか……ようやくすべて測り終えたというのに……地図の仕上がりを見ることもなく……。無念じゃろうのう……悔しかろうのう……」

「はい……」

「よう知らせてくださいました。して、菩提寺は佐原じゃろうが、あちらには?」

「まだ何も知らせてはおりません。いえ、和尚の他には誰にも知らせるつもりはございません」

「なんと……?」

「伊能殿の友人や、ともに地図を作ってきた者たちに詰め寄られました。今亡くなったことが世間に知れれば地図は出来なくなってしまう。どうか先生の死を伏せてほしいと。……いえ、皆に言われずともそうするつもりでございました」

和尚は目を閉じて、しばし考え込んだ。

「知られれば命はないぞ」

「覚悟しております」

和尚は無言で視線を送り、静かにうなずいた。

「今ひとつ、お願いがございます」

景保はもう一度頭を下げた。

「私が伊能殿の墓を建てたいと存じております」

「それは伊能先生もうれしかろう。して、どこへお建てになる」

「父の墓の横に」

和尚は再び黙り込む。

しばらく考え、やがてひとつうなずいた。

「お父上もお喜びになるかもしれませんな……」

「はい」

「では、名を入れぬ墓を用意いたしましょう。地図が仕上がったときに名を刻めば、世間も気がつきますまい」

「ありがとうございます」

景保は、ホッと息をついた。

源空寺には江戸に来て以来、もう二十年以上世話になっている。

何より和尚は、父、至時と忠敬の関係をよくわかっていた。

だが心配なのは忠敬の最期を看取った医者だった。

高名な蘭方医。派手好きでつき合いも広い。

早いうちに手を打たねば、取り返しのつかないことになりかねない。

不安を抑え、景保は源空寺をあとにした。


その頃――。

「地図御用所の方々が早急にご面会願いたいと参っておりますが、いかがいたしましょう」

家の者の困惑した口調に、足立梅安は何事かと小首を傾げた。

梅安は漢方、蘭方を修めた名医として広く名を知られ、何事も一流を好む忠敬は、測量行から江戸に戻るたびに、養生を診てもらっていた。

梅安はいぶかしく思いながら、座敷に出向く。

ろうそくの明かりの中、羽織袴姿の男たちが三人、控えの間にも四人、畳に頭をつけるようにして平伏している。

物々しい雰囲気に気圧されながら前に座ると、梅安は一つ咳ばらいをした。

「この度はご愁傷さまでございました。あなた方もお疲れのことでしょう」

「はっ」

男たちが顔を上げた。

天文方下役と、内弟子たち。

いずれも忠敬と苦楽を共にして地図作りを続けてきた者たちだ。

「皆さんお揃いで何かございましたか……」

下役筆頭の下河辺政五郎が六尺の身を震わせて、野太い声を出した。

「我ら一同、先生に一刻も早くお礼を申し上げたく、参上いたしました」

「いえいえ、何もわざわざ来られることはありません。私はただ医師として力を尽くしただけのこと。……お役に立てずに申し訳なく思っておりますよ」

「何をおっしゃいます。噂に違わぬ見事な業《わざ》、一同感服つかまつりました」

「業……？」

「先生がお帰りになった後、伊能先生、目を覚まされました」

「え⁉」

「その後、いつもの通り食事をとられ、今は再び地図の仕立てに勤《いそ》しんでおられます」

「なんと……？」

梅安は首を傾げた。

「いやしかし……心の臓は止まっておったが……」

「それは確かでございますか」

「……ええ、確かですよ。ちゃんとこの耳で」

「ならばやはり、かねてから聞き及んでいた、世間の噂通り……」

「……噂？」

下河辺はぐいと前に身を乗り出した。

「先生は、死者を蘇《よみがえ》らせる名医である、と」

その声に場が静まり返った。

下河辺はじっと梅安を睨みつけている。

梅安が逆上し、そんなことがあるはずはないと怒り出せばこちらの負け。認めればこちらの勝ちだ。

他の面々も皆、梅安をじっと見つめている。

その痛いほどの視線を受けて、梅安は困り果てた。

確かに忠敬の心臓は止まっていた。だが下河辺たちの表情を見れば、嘘をついているようにも思えない。それ以上に、目の前にいる男たちから発せられる異様な圧力は、一体どうしたことか……。

ならばここはとりあえず、と、梅安が折れた。

「そういうことに、なりますか……」

男たちはほっとしたようにうなずいた。

「さすが江戸中にその名を知られる御名医。この度の一件で、世間の評判はさらにさらに高くなりましょう」

「……なら、よいのですが……」

「つきましては、明日の朝、伊能先生自らお礼に伺いたいと申しております」

「あ、いえいえ、それならこちらから」

「いや、それでは先生の気がすみません。ただ地図の仕立てに忙しく、多少の遅れもあるかと存じます。梅安先生におかれましては明日一日、必ずご在宅いただけますようお願い申し上げます」

「わかりました……うちにおればよいのですね」

「はっ」

男たちはまた静かに平伏した。

梅安はキツネにつままれたような表情のまま、畳に張りつく彼らの背にキョロキョロと目を走らせた。

足立梅安の邸《やしき》を辞した下河辺たちは、月明かりの下、御用所へと歩く。

「嘘をつくのは苦手だ」

下河辺がぼそっとこぼした言葉に、他の下役たちもうなずいた。

「しかし、これで今日明日は何とかなるとして、その後はどうすれば良いものか……」

真面目一徹なこの男が、人を騙す巧妙な策略など思いつくはずはなかった。

とりあえずはこうして一日一日、口を封じていくしかない……。

忠敬が三日に一度は昼食を食べに行った蕎麦屋「長寿庵」には、翌日、内弟子の一人、平山郡蔵が向かった。

「いよいよ地図作りも正念場でね。先生はもう毎日寝る間も惜しんで仕事をされているからさ」

「ああー、それで毎日出前ってことですか」

女将のおスミがうなずく横を「へいおまち」と、主人の勘助が出てきて、ざるに盛られた蕎麦を平山の前に置く。

「ようがす。そういうことなら毎日お届けいたしますよ」

「でも、先生が来なくなっちゃうと寂しいね」

「そうだよなあ」

「あの話さ、もう一回聞きたいよね」

「ああ、ずーっと右に行く話な」

蕎麦をすすっていた平山が「なんだ、それは」と聞くと、

「いえね」

と、大きな尻を揺らして、おスミが前の席に座った。

「先生ね、いっつもそこ座って、いろんなこと教えてくれたんですよ。それが面白いっていうか、不思議な話ばっかりでね」

「へえ、どんな?」

「私たちの住んでいるとこ。この地べた。これ丸い玉なんだって言うんですよ」

勘助も横に座った。

「だからね、いや先生、それじゃ滑っちゃうよって言ったんですよ。したら先生、下に張り付いてる人もいるんだって。それじゃあコウモリだよってもう大笑い」

伊能先生の話しそうなことだと、平山は微笑んだ。

「でね、店の前に出るでしょ。そしたら右に歩いて行くんだって。ずーっと右に

向かって歩いて行くと、しまいには左から店に戻って来るんだって」

ははと平山が笑い声を立てた。

「いや、そんなこたあねえよ先生って、オレがね。右から出たら、そりゃ右から帰って来ねえと世の中へんてこなことになりませんかって……あれ？　平山さん、わさび、目にきたかい？」

ふたりの話を聞いて笑っているうちに、思わず平山の目に涙が滲んだ。

平山は忠敬の最古参の内弟子だった。

蕎麦と一緒に鼻をすすり、なんとかおスミたちに笑ってみせる。

「先生に言っとくよ。地図ができて暇になったら、またこの席に座って、ずーっと右に行く話をしてやってくれって」

それからひと月が経った。

忠敬を看取った足立梅安には、のちに下河辺が単身で面会を申し込み、今度は嘘をつかず、真っ正直に仔細を話した。

梅安は眉を吊り上げて逆上したが、それからは勘定方に通告するでもなく、沈黙を保った。

下河辺の思いにほだされたか、それともすでに忠敬の死からかなりの時間が経っていて、梅安も忠敬の死を公表しなかったことには変わりなく、もはや一蓮托生と覚悟をしたか……。

高橋至時の墓の横に、名前の刻まれていない墓碑が立ったのは、五月の中旬、忠敬の初めての月命日のことだった。

綿貫、地図御用所の七名、そして高橋景保が、ひとり、またひとりと集まってくる。怪しまれないために、別々に来たのだ。

そして全員揃ったところで、墓の前で手を合わせた。

「先生。これから月命日には毎月来ますからね」

平山が明るく声をかける。

「そんな暇があったら、早く地図を作れ。先生ならそうおっしゃる」

下河辺がブスッとつぶやき、皆が静かにうなずいた。

と、そのとき、一番後ろにいた尾形慶助が横を見てぎょっとなった。

四十がらみの女が、墓に向かって一心に手を合わせている。

誰だ——思わず身構える。

白い肌。つんと尖った鼻筋……。

あっ、と、すぐに懐かしい名が浮かんだ。

「エイさん⁉」

えっ、と皆が振り向いた。

「こんにちは」

エイはまず景保に向かって、おだやかに笑ってみせた。


地図御用所の忠敬の部屋で位牌に線香をあげると、エイは長年の無沙汰を詫びるかのように、長い間手を合わせていた。

今から二十年ほど前、エイが黒江町の忠敬の家に住み始めたのは、確か二十六、七の頃。

とすれば、もう四十も半ばか——そんなことを考えている景保に、エイが位牌を見つめたまま言った。

「亡くなったのはいつなんですか」

「もう、ひと月になります」

「そうですか……」

エイは改めて景保に向き直り、両手を畳についた。

「ご無沙汰をいたしました、景保様……すっかりご立派になられて……」

だが景保は感傷に浸る気分ではない。

「エイさん、今聞いたことは……」

「わかってますよ」

景保が言おうとする前に、エイは可笑しそうに笑って見せた。

「あたしを誰だと思ってるんですか」

昔と変わらぬ伝法な口調に、尾形が思わず微笑んだ。

「出来上がった地図を見たい気持ちは、ここにいる皆さんと変わりませんよ。ねえ、平山さん」

「はい。エイさんならそう言ってくれると思ってました」

居並ぶ弟子たちはそんなやりとりを不思議そうに聞いていた。

エイが忠敬の四人目の妻だったことを知っているのは、古参の平山と尾形、そして景保だけだった。

「そんなことより、景保様」

エイの表情が変わった。

「なんだか嫌な噂が聞こえてきましてね」

源空寺に現れた理由をエイは話した。

――地図御用所の様子がおかしい。

――伊能忠敬の身に何かあったのではないか。

この十日のうちに二度、エイはそんな話を町で耳にしたという。

まさかと思ってその日、ここまで様子を見に来た。

すると中から平山と尾形が出てくるのが見えた。

物陰に潜むと、二人はあたりを見回しながら、別々の方向に歩いて行く。

その様子が気になったので尾形の後をつけ、源空寺に辿り着いたのだった。

「かなわないなぁ、エイさんには」

と、尾形が頭を掻いた。

「ずいぶん噂は広まっているんじゃないですか。あたしが聞くくらいだから」

「ああ……」

無理もなかった。

秘密を隠すためにその秘密を知らせざるを得ない者が、やはり何人かいた。

いずれも信用に足る者だが、どこからどう話が漏れるかわからない。

その上、忠敬の生前から、この地図御用所には来客が絶えなかった。

皆で協力し、何とか忠敬生存の偽装工作を重ねたが、本人を見た者が一切いないのだから、噂がたつのもやむを得ないところがある。

その噂がさらに数と質を増し、勘定方に流れれば――。

「露見するのも、時間の問題か……」

景保が吐いたため息に、エイも、その場にいた伊能隊の面々も黙り込んだ。しかし人の噂も七十五日とはよく言ったもので、ほぼ測量の旅に行きっぱなしということになっている忠敬の話題は、次第に町から消えるようになっていった。

2

伊能隊の面々は、来る日も来る日も地図作りに明け暮れた。

用紙は伸縮を防ぐため、特注の和紙を水張りして乾燥させて使う。さらにニカワとミョウバンを水に溶いて表面に塗布する。墨の滲みを防ぐためだ。

そこに測量した記録を落とし込み、まず「下図」を作る。

各地点間の真北からの方角と距離をもとに、測量点に針を刺して穴を開け、線で結んでいく。

こうして出来上がった「下図」を、測線同士が連結するように数枚つなぎ合わせて「寄図」とし、清書用の紙の上に乗せ、測量点に再び針で穴を開けていく。そして下の紙に謄写した針穴を朱色の線でつなぎ、国名や地名などの文字を書き入れ、さらに山河、城郭、寺社などの絵と彩色を施す。それが「大図」と呼ばれる地域図となる。

縮尺をそこから六分の一にしたものが「中図」。それをさらに二分の一にしたものが「小図」だ。

幕府に献上する「大日本沿海輿地全図」は、忠敬の指示で「大図」二一四枚、「中図」八枚、「小図」三枚で構成することになっていた。

だが、伊能隊が完成を急がなければならないのはそれだけではなかった。およそ二十年にわたる伊能忠敬の地図作りの背後には、その意義を認め、強力な後ろ盾となってくれた幕閣が幾人かいる。それらの人々へも贈呈しなければならない。

また、忠敬は生前、平戸藩から直接、領内近辺の詳細な地図の制作を依頼されていた。他の藩からの注文もいくつかあった。

さらに佐原の伊能家に残しておく「控え図」も必要だ。

今後地図完成まで何が起こるかわからないことを考えると、「控え図」はさらに数組作っておいた方が安全だと景保は考えていた。

その一枚一枚、すべて手書きで線を引き、地名を書き入れ、彩色を施す。

伊能隊は、気の遠くなるほどの膨大な作業と日々格闘し続けた。


だが忠敬が亡くなってから一年の時が過ぎてなお、伊能隊の地図作りは遅々として進まなかった。

司《し》天台《てんだい》の執務室に、景保は下河辺を呼んだ。

「今、作業はどのくらい進んでいる」

「はっ……」

答えづらそうに下河辺は口を固く結んだ。

「正直に申せ」

しばらく考える間をおくと、口ごもるように下河辺は答えた。

「予備のための控え図を除いたとしても……およそ、三割ほど、かと……」

「三割か……」

深いため息をつく景保に、「申し訳ございません」と下河辺が首《こうべ》を垂れた。

「決して怠惰ゆえのことではないのですが……」

「わかっておる……」

作業が進まないのには、やむを得ない理由もある。

ただでさえ、測量から時間が経てば経つほど、記録を地図に起こすのは難しくなる。測量した際の地形を思い出せなくなってしまうのだ。第八次の九州測量から五年、第九次の伊豆七島からも、すでに三年が経過している。

それに加え、伊能隊の内部に横たわる根本的な問題が作業の進捗を妨げていた。

元々内弟子と下役たちの間には、ずっと深い溝があった。

まずは身分が違った。下役は士分である。測量の旅には自らの従者も連れていた。もちろん幕府から支給される給金や手当にも、内弟子たちとは大きな差があった。

その両者が一体となって測量をし、記録を整理し、天測を行い、それを地図に起こす。

内弟子からすれば、忠敬から厳しく育てられてきた自分たちの方が能力は高いのに、この待遇の差は何だとなる。

逆に下役とすれば、身分の低い者と同じ仕事をするのは納得できない。

そんな人間関係の軋轢《あつれき》を、巧妙な人心掌握術と強力な統率力で引っ張ってきたのが忠敬だった。

若者たちを束ねてきた核が失われて以来、内弟子と下役は心が離れ始め、御用所内の空気は重く、次第にピリピリと緊張をはらむようになった。

忠敬が亡くなって二度目の夏は、ことのほか暑かった。

下役たちは天文方での仕事もあり、しばしば御用所を離れるようになった。

内弟子たちは猛暑の中ひたすら作業を続けたが、所内の雰囲気の悪さと、やってもやっても進まない作業量の多さに、意欲と気力を失いかけているのがはっきりと見てとれた。

気のゆるみからか、「寄図」をつなぎ合わせてみるとどうしても測線が接合しないことが幾度もあった。

どこに間違いがあるのか。測量か。天測か。しかし再度測量に出る時間はない。もう一度観測点すべての位置を全員で計算し直す。そして数日かけて間違いを見つけ、また一からやり直す。

焦りと緊張の日々に、皆、疲れていた。

そんな中、ひとりだけ地図作りに集中して黙々と作業を続けていた者がいた。

平山郡蔵だった。

今年四十歳になる平山は、二十二歳から二十七歳までの五年間、忠敬の片腕として、身を粉にして働いた。

測量技術はもちろん、天測や地図作成にも長けていた平山を忠敬は副隊長格に据えた。しかしそれが、若い平山の慢心を呼んだ。

天文方の下役たちや測量先の地元とたびたび悶着を起こし、それが江戸表《おもて》にも伝わって大問題となった。幕府御用で測量を行っている伊能隊に、そのような醜聞は許されなかった。

忠敬はやむなく平山を破門した。

それから十年あまり。すべての測量を終え、忠敬は地図の仕上げに取りかかったが、思うように作業が進まなかった。そこで地図を完成させるためにはどうしても平山の力が要ると、忠敬は破門を解き、再び伊能隊に参加させた。

復隊する際、平山は忠敬の前に平伏し、感謝の涙を流し続けた。忠敬が亡くなったのは、それからしばらくしてである。

忠敬の恩に報いねばと、平山はまさに寝食を忘れて膨大な数の算盤《そろばん》を弾き、次々と白紙の上に線を引いた。

その熱意に引っ張られるようにして、内弟子たちもようやく地図作りに集中し始めた。

その、矢先のことだった。

八月の末。

観測点を記す針を手に取ったとき、平山がひとつ咳をした。

気がつけば体が少し熱を持っている。

夏風邪でもひいたかなと思ったが、すぐに熱は下がるだろうと、気にすることなく翌日も作業を続けた。

だが熱は下がるどころか上がり始め、十日もすると床《とこ》から起き上がれなくなった。

それでも床の中で算盤を弾く姿を見て、

「平山さん、しばらく地図作りを忘れて静養した方がいい」

と、綿貫が平山の故郷である佐原に連れて帰った。

しかしその二ヶ月後、佐原から戻った綿貫が、伊能隊の面々の前で肩を落とした。

「平山さんが、亡くなりました」

地図の完成を急ぐ伊能隊にとって、それは大きな痛手だった。

さらには、金銭的な困難が次第に伊能隊を苦しめていく。


「申し訳ございません」

節くれだった指を畳について、下河辺が首を垂れた。

御用所の状況を景保に報告に来ていた。

腕を組む景保の横で、綿貫もどうしたらよいものかと、額のあたりを指でさすっている。

綿貫は佐原と江戸を行き来しながら、地図作りを手伝っていた。

「測量の旅に出ていた頃は、その分、お手当もありましたが、今、勘定方から出ているのは筆墨《ひっぼく》代のみです。伊能先生のお給金や、佐原の伊能家からのご援助でなんとかやりくりしていますが……」

景保が深くうなずいた。

「勘定方に何度も話はしているのだが、こちらも負い目がある分、強く出るわけにもいかなくてな……」

負い目とは忠敬の死を隠しているということだ。

下河辺が恐縮して頭を下げた。

「なんとかせねば……」

焦りの混じった景保の声に、綿貫が宙を見ながら思案を巡らせた。


「ごめんくださいな」

翌、文政三年正月。

まだ門松がとれないうちに、突然エイが御用所を訪ねてきた。

「あ、どうしたんですか、エイさん?」

尾形の表情がぱっと明るくなった。

「いえね、あたしでも少しくらいなら皆さんのお役に立てるんじゃないかと思って……」

エイは算盤を弾く真似をする。

「え？　手伝ってくれるんですか⁉」

尾形はいつもは物静かな学究肌だが、エイが来ると子供のように元気になる。まだ内弟子になりたての頃、こっぴどく忠敬に叱られたことがある。思わずカッとなった尾形は、そこら辺にあるものを手当たり次第に投げつけて、そのまま黒江町の家を飛び出した。まだ十代の、血の気の多い頃の話だ。飛び出したはいいものの、他に行く当てもない。夕闇迫る大川の辺で一人佇んでいると、エイが捜しに来てくれた。

「さあ帰ろう」

黒江町に戻ると、エイは尾形のために一生懸命頭を下げて謝ってくれた。それ以来尾形は、姉とも母とも思ってエイを慕っている。

「と、言っても、みなさんが手伝ってもいいっておっしゃるならの話ですけどね」

と、エイは下役たちに目を投げた。

下河辺たちはぽかんとしている。

そこに尾形が躍り出た。

「このエイさんという方は、算盤は抜群ですし、天測もできるし、下図も引けるすごい人なんです。先生も、亡くなった鳥越の高橋先生も一目置いていたんですよ」

「いや尾形さん、それはほめすぎ」

「どうですか？　手伝ってもらいましょうよ。下河辺様」

下河辺は難しい顔で他の下役たちと目を合わせた。

皆、我関せずという風だったが、まんざらでもない表情をしている。

「では……」

と、下河辺がエイを見た。

ポーンと手を叩いて尾形が喜んだ。

「じゃあ、エイさん、何からやってもらえますか？」

「そうだねえ……」

エイはうれしげに家の中を見回した。

翌日。

エイはおとよという若い娘を連れてきた。

そして着物にたすきをかけると、ふたりで家中の掃除を始めた。

「あーもう、何年掃除してないんだい、この家は」

何年か前までは下働きの老婆がいて、男たちの世話をしていた。

しかし彼女が暇《いとま》を乞うてからは、新しい人手を雇うこともなく、そのままになってしまっていた。

地図作りの作業をする広間には、大小さまざまな紙が散乱している。

そこにエイが手をつけようとすると、下役の一人が冷たい声を浴びせた。

「おい、ここは掃除不要。素人にいじられると困る」

するとエイはジロリと目を向け、

「フン、あんたこそ掃除は素人だろ」

と、言うなり、どんどん片付け始めた。

散乱する紙のどれが不要でどれが大切なものか、仕分ける能力は、二十年前にずいぶん鍛えられている。

みるみるうちに整理されていく光景を、伊能隊の面々は感心して見ていた。

その日から三度の食事はおとよが作った。

おとよはまだ十六だったが、むすびを握らせても、味噌汁を作らせても、煮物を炊かせても、天下一品だった。

それまでどこかピリピリしていた御用所内に、ふんわりと柔らかな風が吹き始めたようだった。

エイがやってきたのは綿貫の発案だった。

景保の承諾を得て、力を貸してほしいと頼んだのだ。

おとよの給金も綿貫が出した。

エイの分も任せてほしいと綿貫は申し出たが、エイは丁重に断った。

エイは算術の他に漢詩の素養もあり、それを教えて生計を立てていた。それで日々のたつきには困らないという。おとよは弟子のひとりだった。

「それにお金なんかもらったら、旦那にまた怒鳴られますよ」

エイは軽やかに笑って見せた。

3

忠敬が亡くなって二年が経とうという頃になると、噂は人々の口の端に上らなくなった。

忠敬の死を隠しながらの伊能隊の懸命な地図作りは日々続き、その様子に疑問を持つ者はほぼいないと言ってよかった。

ただし幕閣たちからの、伊能は何をしている、地図はまだかとの声は止むことがなく、景保はそれをのらりくらりとかわしながら、迫り来る地図の完成とお上への上呈の日を、ひたすら待つだけだった。

しかし、幕内の雰囲気が微妙に変化し始めた。

文政三年六月。

勘定奉行、古川和泉守が在職中にこの世を去り、翌七月、梶浦伊勢守が後任に就いた。

他の三人の勘定奉行たちは、いずれも幕府高官として対外政策の第一線で活躍してきた傑物ばかりで、北方に迫りつつあったロシアの脅威から、正確な地図ができることを強く期待しているはずだった。

もし忠敬の死が露見したとしても、この三人なら改めて地図作りの意義を説明し、事業の継続を説得できる。

景保はそう踏んでいた。

しかし新任の梶浦伊勢守とは、景保はまだ一度も会ったことがなく、その肚《はら》が読めない。

もし梶浦が地図作りの価値を認めない考えの持ち主であれば、これまで膨大な費用を使い、さらにこれからどれほどの金がかかるかわからないこの事業を、一から見直すと言い出しかねない。

ましてや忠敬が亡くなったとなれば、最悪の場合、即刻事業は中止。これまでに作成した地図はすべて焼却――そんなことにもなりかねない。

八月。事態が動いた。

梶浦から伊能忠敬宛に召喚状が届いたのだ。

〈伊能は滞りなく国々の測量地図御用を務めておりますが、このところ痰咳が出て体調がすぐれません。回復次第参上いたしますので、どうかご容赦頂きますようお願い申し上げます〉

景保は書状でそう言い訳をした。

しかし梶浦からの返事はなかった。

忠敬への二度目の召喚状は十月。

景保は今度はこう書状に認《したた》めた。

〈伊能は地図を作成中でございましたが、測量行中の記録に不備が見つかり、再測量のため江戸を離れております〉

それにも、梶浦からの返事はなかった。

度重なる召喚状に不穏な気配を感じた景保は、司天台に綿貫を呼んだ。

「地図が仕上がるまであとどのくらいかかる」

「下河辺様のお話だと、あと一年ほどは……」

「一年……」

同じ言い訳ではもう持たない。それまでどうやって忠敬の死を隠し通せばいいのか……。

ひたひたと疑いの波が迫ってきていた。


翌、文政四年一月。

意を決し、景保が梶浦伊勢守の邸《やしき》を訪ねたのは、松の内が明けてすぐだった。人気のない大広間に、景保は一人待たされた。昼過ぎに到着したというのに、すでに障子の影は長く伸び始めている。

そのとき廊下から、衣擦れの音が聞こえた。

おもむろに景保は平伏した。

障子が開き、梶浦と思われる人物が入ってきて、目の前に座る。

「突然の御無礼、どうかお許しください。天文方、高橋景保と申す者でございます」

「いやいや」

思いがけず甲高い声がした。

「一度会いたいと思っておった。面《おもて》を上げよ」

ゆっくりと景保が身体を起こす。

すると、目の前に小さな老人が座っていた。

年齢は五十を少し越したほどと聞いていたが、思いのほか、老けて見えた。

「して、用件は」

「昨年より、伊能忠敬に対する度々のお呼び出し、折悪しくそのつど当人が測量のために江戸を離れており、お応えすることができませず、本日はお詫びに参りました」

「いや、伊能にはぜひ一度会いたいと、下の者に言いつけておってな」

「は。ありがたきお言葉」

「時に」

と、梶浦伊勢守が声の調子を変えた。

「伊能は元気なのか。かなりの高齢だと聞いたが」

「つい先日、七十六になったばかりでございます」

「その歳で未だに全国を回り、地図を作るとは、ご苦労なことだ。で、今はどうしておる」

「今もまた測量の旅に出ております」

「ほう。いつ、戻るのだ？」

「何分、ほんのわずかな狂いも許さない性分です。本人が納得するまで、どのくらいの時を要するか……」

梶浦の視線が鋭くなるのを景保は感じた。

「四月には会えるか？」

「……そこはなんとも……」

「では六月には？」

「……申し訳ございません。それもお約束は……」

わずかに目を上げて、景保は梶浦の表情の奥に真意を読み取れはしまいかと神経を集中した。

「ただ待つしかないのだな」

「……もうしばらく」

「いや、いささか待ちくたびれたのでな」

「……」

「あとどのくらい待てば、よいのかの」

一気に追い詰められ、景保は息が詰まった。

「景保様、それで何と?」

深夜の御用所で、景保の前に伊能隊の全員が座っている。

強張った声で尋ねる綿貫に、景保はゆっくりと目を向けた。

「夏、と」

「夏……⁉　では八月でございますか」

「いや、七月だ」

「七月……⁉」

悲鳴ともため息ともつかぬ声が漏れた。

あと半年と少し――。

「七月は堀田摂津守様が月番にあたられている。何としてもそれまでにすべての地図を仕立て上げ、上様のご覧に入れる」

みな、石のように黙り込んだ。

そんなことは絶対に無理だと、伊能隊の誰もがそう思った。

しかし、いかに不可能なことであれ、死力を尽くして地図を完成させるしか道はない。

重苦しい沈黙を破ったのは、エイだった。

「じゃあ、始めようかねぇ！」

立ち上がり、静かに絵付けの場所に向かう。

「ああ」

下河辺も立ち上がった。

引っ張られるように、一人二人と立ち上がる。

そして全員が作業を再開した。

頼んだぞと心の中でつぶやきながら、景保はその様子をじっと見つめていた。

4

六月。

全十四巻からなる大部の書物が書き上がろうとしていた。

「大日本沿海実測録」。

それは地図を作成する基になった、いわば記録集だ。「大日本沿海輿地全図」とともに幕府に提出することになっていた。

十七年にわたって伊能隊が歩いた六十八州、すべての駅路、海岸、島々、湖沼……地点ごとの距離と方向、土地の緯度などが詳細に記載されている。もらすことなく書き入れると十三巻にもなった。加えて「序文」「凡例」「目次」を記した首巻をつけて、全十四巻とする。

忠敬は生前、その膨大な記録の浄書を、最も信頼する師であり友人である綿貫善右衛門に託した。

　第一次の蝦夷地測量から記録してきたすべての測量データを、綿貫は一つ一つ地図と突き合わせて洗い直した。そして一年半かけてようやくやり終えた。


　長い梅雨が明けた。

　青空の広がる昼下がり、うぉーという雄叫びが地図御用所から上がった。

　ついに「大日本沿海輿地全図」が仕立て上がったのだ。

「大図」二一四枚、「中図」八枚、「小図」三枚。一枚の地図の大きさは畳一畳分にもなる。

「大図」はおよそ七枚を一巻とし、それを五巻ずつ一つの桐の箱に収める。

　全三十巻。六つの桐箱にすべての「大図」が収められた。

　全国を八つに分けた「中図」は二巻に。三分割した「小図」は一巻に。それぞれ桐の箱に収められた。

　そしてそのすべての箱に、青と白の絹平打緒《きぬひらうちお》をかけた。

八つの巨大な桐の箱が広間に並んだ。

それを前にして、内弟子たちも、下役たちも、綿貫もエイもおとよも、みな力が抜けたようにその場に座り込んだ。

駆けつけた景保に気づくまで、ずっとそのままだった。

「よし」と立ち上がったのは、いつものようにエイだった。

おとよと一緒に湯を沸かし、茶を淹れた。

茶の入った湯のみを受け取ると、皆で並んだ桐の箱に向けて掲げ、首を垂れた。

酒を飲む習慣のない伊能隊にとって、それが何か切りのついたときの一杯だった。

安いほうじ茶を皆ですすり、彼らはすべての作業を終えた。

5

文政四年（一八二一年）七月十日早朝。

地図御用所の門が開くと、伊能隊の面々が一団となって姿を見せた。

先頭は高橋景保。

極太の柱材のような桐の箱を四つずつ載せた大型の荷車が二台、伊能隊の面々によって曳かれ、その後に続く。

門から綿貫とエイがその後ろ姿を見送り、深々と頭を下げた。

「え⁉　なになに？　どうしたの？　これ何？」

長寿庵のおスミが、けたたましい声を上げて店から出てきた。まるで仇討ちに向かう四十七士のような伊能隊の物々しい雰囲気を見て、店の仕込みを放り投げてきたらしい。

「やっと、地図が仕上がってね」

尾形が笑顔を向けると、おスミは「まー！」と目をまんまるにする。

「本当かい⁉　よかったねえ！　ね、もしかして地図ってこれ？　これ？」

ぺたぺたと桐箱を叩くと下河辺が眉をひそめた。

「触るでない。上様にご覧に入れる大事なものだ」

「えー!!」

天を仰いで金切り声を上げる中、亭主の勘助も飛び出してきた。

「なんだ、どうした!」

「大変だよ! 先生の地図、できたんだよ!」

「え? 本当かよ!! よかったなあ!」

「ほらほら、これ地図! これ将軍様に持ってくんだって!」

「へー! でっけえなあ!! 先生、こんな立派なもん作ってたんだな。すげえなあ……」

伊能隊に合わせて歩きながら勘助が声を震わせると、横でおスミが声を上げて泣き始めた。

「平山さんも、今ごろあっちで喜んでるだろうね……」

「バカ。泣くんじゃねえよ、お祝いなんだからよ。ほら! 伊能忠敬先生、バンザイ！」

おスミも顔をくしゃくしゃにしながら両手を上げた。

「伊能忠敬先生、バンザイ！」

背中の騒動に、景保も苦笑している。

「な、尾形さん、先生は元気かい？」と、勘助が聞くと、尾形は少し間を空けて、

「ああ……今ゆっくり休んでいらっしゃるよ」と答えた。

「そうか。そりゃそうだよ、こんだけの仕事したんだもん。じゃあまた、うちの店、来てくださいって言っといてくださいよ。な、おっ母」

「ああ、ずーっと右に行く話、またしてくださいってね……」

まだ人々は、伊能先生のことを忘れたわけではなかった……。それが皆にはうれしかった。

そして一行は、上野の源空寺に到着した。

高橋至時の墓と、その横の名の刻まれていない墓碑の前に、八つの桐の箱が置

かれた。

「『大日本沿海輿地全図』、本日仕上がりましてございます」

平伏する景保の胸に、万感の思いがよぎった。

「おめでとうございます」と下河辺が無骨な両手を地につけるのと同時に、全員で頭を垂れる。

「おめでとうございます！」

忠敬が亡くなってから千日あまり。めいめいの想いを込めて平伏する男たちに、傍らに立つ和尚が目頭を押さえた。

「これで墓に名を刻むことができますな……」

その後、一足先に景保が江戸城に入った。

控えの間を巡り、重臣たちに、ひとりひとり抜かりなく挨拶をして回った。

五ツ過ぎ（午前七時頃）。

伊能隊の荷車が大手門に到着し、八つの桐の箱を城内に運び入れた。

天文方下役以外の、入城することのできない内弟子たちは、長い間、城に向かって手を合わせ、地図が無事に上呈されることを祈った。

一日のお勤めが始まる前の、城内の慌ただしい気配が、襖障子の向こうに漂っている。

本丸御殿内の一室に、景保は座していた。

背筋を伸ばし、真っ直ぐに前を見据えている。その視線の先、一段高くなった上段の間に将軍の御座所がある。

景保の両脇には、老中をはじめ、幕府の重臣たちがずらりと並んでいる。

若年寄、堀田摂津守の姿がある。

そして末席に、勘定奉行、梶浦伊勢守の顔もあった。

入城してすぐ、景保は控えの間で梶浦に挨拶をした。

「伊能忠敬がこしらえました地図、本日、上様にご覧いただくことになりました。何卒よろしくお願い致します」

梶浦は目を細めた。

「それはめでたい。では今日こそ、伊能に会えるのだな？」

景保がゆっくりと身を起こす。そしてじっと梶浦を見つめた。

「それが、遅れております」

「遅れておる？」

「はい」

平然と言ってのける景保に、梶浦は無言で視線を送った。


「上様の御成りー」

声と同時に四ツを告げる太鼓の音が鳴った。

それを合図に、景保も幕閣たちも厳《おごそ》かに平伏した。

すっと襖障子が開く。

第十一代将軍、徳川家斉が姿を見せ、静かに高座に座った。

「今日の日が来ることを、長きにわたり待ちわびておった」

天明七年（一七八七年）に十五歳で将軍の座について以来三十四年。歴代の将軍の中でもっとも長く、その地位にある男だ。

「伊能忠敬と申すはその方か。苦しゅうない。面を上げよ」

両手を畳についたまま、景保はわずかに目を上げた。

「申し上げます。わたくし、伊能殿とともに長年地図をこしらえてまいりました、天文方、高橋景保と申します」

「高橋……ああ、至時の子か」

「ははっ」

「して、伊能はどこにおる」

「……は」

「伊能忠敬と申すは、どこじゃ」

末席に座る梶浦が景保をじっと見つめている。その口の端には笑みが浮かんでいるかのようだった。

「恐れながら申し上げます……こちらには参りません」

景保の声が震えた。

重臣たちの顔に戸惑いの色が走る。同時に梶浦が低く声を放った。

「おぬし、遅れると申したではないか！」

すぐに堀田が制する。

「上様が直々にお話しになっておる」

家斉は穏やかな表情を変えることなく、景保に向かい、静かに問いかけた。

「なぜ伊能は来ない」

景保は一瞬言葉を呑み込んだ後、振り絞るように発した。

「元年四月十三日、伊能忠敬はすでに身罷《みまか》っております」

はっと、室内の気が動いた。

景保は心に決めていた。最後まで忠敬の死を隠し続ける。しかし家斉にはすべてをありのままに言上する。地図が仕上がった今、お上《かみ》に嘘をつき続ける理由はない。あとは命運を天に任せるしかない。

そのとき、

「その方、謀《たばか》っておったのか」

と、声が上がった。

梶浦だった。

「その方、はっきり言うたではないか。伊能は生きている。夏には会えると」

平伏したまま動けずにいる景保を尻目に、さらに梶浦はたたみかける。

「申し上げます。この者は天文方という要職にありながら、あたかも伊能が生きているように装い、素知らぬ顔で膨大なかかりをお上よりせしめ取ったのでございます。我らを、ひいては上様を謀っておったのでございます！　どうかこの者を……」

家斉が制するように手をあげ、ようやく梶浦が口を閉ざした。

家斉は変わらぬ穏やかな声を景保に向ける。

「高橋……そなたは余を謀ったのか」

景保はただ平伏するしかなかった。

「……謀ったのか？」

決して声を荒らげることなく、静かにそう繰り返す家斉に、景保は動くことも言葉を発することもできなかった。

「高橋。至時の子であれば存じておろう。余がどれほど、地図の仕上がりを心待ちにしておったか」

「……はっ」

「その方、事と次第によっては……」

次の瞬間、耐えていた景保から、溢れるように言葉が湧き出した。

「申し上げます！　恐れながら……恐れながら申し上げます！」

身体の震えを懸命に抑えながら、景保は声を振り絞った。

「伊能忠敬は一日も早く、上様に地図をご覧頂けるよう……先ほどまで……地図の仕上げに勤しんでおりました……」

家斉が不思議そうに目を細める。この男、何を言っている……？

「そちは、先ほど身罷ったと申したではないか」

わずかに咎《とが》めるかのような響きだ。

「高橋、余に何が言いたい」

「はっ……」

景保はゆっくりと顔を上げ、初めて家斉の顔を見た。

最後にこれだけは言わなくてはならなかった。それはもうひとつの、ありのままの真実だった。

「伊能忠敬……只今、お隣の大広間にて……上様をお待ち申し上げております！」

家斉が言葉を吞む。その意図を探るように、景保の顔に目をやった。

しかし景保は臆することなく、必死に訴えかけるような視線を向けている。

家斉はやがて重い口を開いた。

「よかろう。開けよ」

その声に弾かれたように次々と襖が開けられていく。すると、明るい陽光とともに、江戸城一の大広間が眼前に広がった。

そこには全三十巻、二一四枚すべての「大図」が、合符によって地脈がつながるように並べられていた。

さらには「中図」八枚、「小図」三枚も広げられ、中段之間、下段之間、二之間、三之間、四之間、五之間をぶち抜いた「千畳敷」とも称される広大な大広間に、「大日本沿海輿地全図」がすべて披露された。

それはまさに日本が初めて姿を現した瞬間だった。

居合わせた重臣たち全員が思わず息を呑んだ。

広がる光景にまっすぐ目をやったまま、家斉が立ち上がる。

「これが、余の国か……」

うわごとのようにそう口にすると、上座中央に設えられた梯子段に向かった。

一段一段、ゆっくりと登り切る。そして眼下に広がる自分の国を改めて見渡した。

「これが余の国の姿か……」

その頬に、すっと一筋、涙が光った。

「美しい……美しいのう……見事じゃのう……」

その言葉を、忠敬に聞かせたかった。景保はそう思いかけて、いや、それは違うと気づいた。

「高橋」

梯子段の上から家斉の声がした。

「はっ……」

「伊能はどこにおる」

「はっ……」

景保は自らの左に目を落とした。

「伊能はここに……私の隣に座しております」

そこに家斉はゆっくりと目をやった。

誰もいないその場所に、そのとき確かに、この壮大で美しい地図を生涯かけてこしらえた、伊能忠敬が座っていた。

家斉が微笑んだ。

「伊能忠敬、余が見えるか。若くはない身で、大儀であったのう……」

景保の目から涙が溢れ続けた。

「余の国の姿、しかと見届けた。余は満足じゃ。その方はもう、ゆっくりと休め」

嗚咽を堪えきれない景保の耳に、忠敬の声が確かに聞こえた。

「ありがたき、幸せにございます」

最終報告

池本は目を閉じて、静かに加藤の話を聞いていた。

頭の中で景保やエイや綿貫、そして伊能隊のひとりひとりが生き生きと動き、しゃべった。まるで映画を見ているようだった。

最後の場面の余韻を噛み締めるように、話が終わった後もしばらくそのまま動かずにいた。

「主任……主任……？」

木下の声で目を開けた。

「なに」

「まさか、寝てたんですか？」

「寝るわけないだろう……」

急に我に返ったようにまばたきをすると、池本は加藤を見た。

「加藤先生……え？　今の、何？　クライマックス？」

「え？　……まあ」

「なーんだ！　出来てるじゃない！」

突然の死刑宣告で心臓が止まるかと思ったが、あっさり冤罪が証明されたような気分だった。

「ほら木下！　何ぼーっとしてんだ。早く原稿もらって、下行ってコピー！」

あわてて加藤が池本を制する。

「いやちょっと待ってください……すみません。ほんとうに、すみません……」

「すみませんって……ほら木下、早く！」

「いや、やめてください。お腹立ちはわかりますけど、許してやってください。こんなことになると思わなくて、ほんと申し訳ない」

「何が申し訳ないの？　やるのよ！　今の話、そこの原稿に書いてあるんでしよ？」

「そうですけど……」

「製本して明日の会議で見せたら、みんな乗ります。市長も副市長も絶対やりたいって言いますよ。なあ木下」

「そうですよ。なんですか、このすっげえ、いい話」

手にしたティッシュペーパーで目尻を拭く木下にうなずき、池本はたたみかける。

「できてるんです！　いいんですすこれで！」

「ダメです。これじゃダメなんです」

「ダメじゃないですよ。行きましょう、これで」

加藤は一瞬ポカンと池本の顔を見た。

「……いいんですか、これで」

「え？　いいんですって。いいでしょうよ。やりましょうよ」

池本も落ち着いて答えた。

「……本当ですか？」

「もちろん」

「そ、そりゃもうれしいです。やってもいいですか……」

「いいですとも」

「じゃあ、やります。やらせていただきます。思い切ってやります！　はい」

加藤は次第に言葉を弾ませながら、封筒から取り出した分厚い原稿の束を示して、ニッコリと笑う。

「大河ドラマ『高橋景保』！」

池本と木下が、同じように口を半開きにしたまま固まった。

一瞬ののち、池本がそのままの顔をいやいやと左右に振り始め、正すように声を放つ。

「伊能忠敬！」

その視線を避けるように、加藤もまた小さく首を振った。

「……伊能忠敬は無理でした……すみませんです。伊能忠敬にならなかったから、ずっと謝ってるんです」

「いや無理って……」

「池本さんに言われた通り、思い切って書きました。これでできたと思って読み返したら……それは、高橋景保の話でした。どうしてそうなったのか、ずっと考えてわかりました。伊能忠敬なんて、こんなすごい人、自分には無理だって。よくよく考えたら、この人、『地図を作らなかったら、おまえ殺すぞ』と脅されたんじゃないんですよ。『測らなかったら、ただじゃおかないぞ』そう言われて歩いたわけじゃないんです。ただただ地球の大きさを知りたい、日本の形を知りたい……心の底から知りたい……それだけで足を前に進めて、十七年、地球一周分の距離を歩いて、なのに完成した地図を見ることなく死んでいった……そんな人の話、僕には無理でした」

「いや、でも……」

「ベテランや大御所、いや、若くてももっと才能のある売れっ子の方なら多分うまくできるんでしょうけど……僕なんかには無理でした」

池本は黙って木下と顔を見合わせた。加藤の言葉に次第に熱がこもっていく。

「でも……伊能忠敬ってどういう人だかわからなかったけど、その夢をかなえてやろうとする高橋景保や、綿貫や、エイさんや、伊能隊の面々の顔は、一人一人頭の中にはっきり浮かんできました。すみません。伊能忠敬を書いているつもりが……書いてるつもりが……高橋景保でした。本当に申し訳ありません……」

池本がようやく口を開く。

「忠敬《ちゅうけい》さんは出てこないの？」

「第一回だけ出てきます。オープニングのご臨終のシーンに」

「いきなり死んじゃうの？」

「はい」

池本の横で木下が天を仰いだ。

「じゃあ、ダメじゃん」

加藤はまたうつむいてしまう。

「すみません。忠敬の声も何も浮かびませんでした。ひと言の台詞も思いつきませんでした。申し訳ありませんでした」

何をどう答えればいいのか……池本は懸命に自分の頭の中を整理していた。

加藤がバッグから封筒を取り出し、池本の前に置いた。

「この中に、立て替えてもらった資料の代金が入ってますので……」

「いや。それはうちが受け取る筋合いのものではありません」

「いえ、ほんとに」

「いやいや、仕事としてこちらからお願いしたわけですから、結果がどうあれ、これまでの分はすべてこちらが……」

「……そうですか。すみません」

加藤は目を伏せたまま封筒をしまった。そして顔を上げると、池本にしっかりと目を向ける。

「でも、これだけは言おうと思って……こんな重大な……こんな壮大なプロジェクトに……僕みたいな者に白羽の矢を立てていただいて、本当にありがとうございました。腹が立つでしょうけど……本当に勉強になりました。いつか必ず恩返しに、みなさんと何か仕事ができるように……それまで一生懸命、力を蓄えます。どうぞ許してやってください」

深々と頭を下げ、席を立とうとする加藤を引き止めるように、池本がぽつりと言った。

「わたしねぇ、加藤先生……」

加藤が浮かせた腰を降ろし、また池本の顔を無言で見つめる。

「わたし、この十年くらい、ずっと腹を立てていました。なぜ伊能忠敬が大河にならないんだって。なぜ大河ドラマにしないんだって。でもあなたの一言で、今わかりました」

「え……？」

加藤の目がわずかに動いた。

木下も池本に顔を向ける。

「ですよね。わかりませんよね。人生わずか五十年の時代に、五十五から歩き始めて十七年、七十二歳まで歩いて、仕上がりを見ないで亡くなった。黒船が来る

ずっと前、地球は平らで、端まで行くと落っこちるとほとんどの人が思っていた
そんな時代に、どうしても地球の大きさが知りたかった。一体何者なんですか
ね？」
加藤は何も言わず、ただコクリとうなずいた。
木下はじっと池本に目をやったままだ。この一年伊能忠敬と向き合ってきて、
木下も思いは同じなのだろう。
「そうですよ。その通りですよ。わからないんですよ！」
言いながら、戦友をいたわるかのように、池本は優しい眼差しで加藤を見つめ
た。
「ありがとう。あなたは一番大事なことを今、教えてくれました。ありがとう」
思いがけない言葉に、加藤は何度もかぶりを振った。
「あ、ついでに聞くんですけど、高橋景保ってどこの人です」
「大阪です」
「じゃあ、そのプロット、そのまま大阪に持っていきましょうよ。大阪に言いま

しょうよ。二〇一八年、大河ドラマ『高橋景保』をやりましょうってね。これだけやったんですもん。大阪がやると言ったら千葉は全面協力しますよ」

加藤が強張った笑みを浮かべてみせる。

「どうしました？　あれ？　ああ、わたしが嫌みで言ってると思ってますか？　ヤケクソや負け惜しみで言ってると思ってますか？　とんでもない。加藤先生、いいですか。たとえ高橋景保がどんな立派な人だろうと、伊能忠敬がいなかったらただの人だったんじゃないですか？　つまりこういうことでしょう。忠敬さんが、景保を大河ドラマに推したって……」

「……ありがとうございます。そう言ってもらえたら、少し気が楽になって帰れます。本当にいろいろありがとうございました」

「いえいえ、こちらこそ。こちらこそありがとうございました。あなたがさっき言ったように、今度必ずまたお仕事しましょう。まぁそのときはもう、木下の代になってるかもしれませんけどね。……うん、待ってますよ」

加藤がまたコクリとうなずき、立ち上がった。その目が潤んでいるのが、池本にも木下にもわかった。

十二月には珍しく、遠くに筑波山が見える。

窓際に立ち、池本がそれをぼんやりと眺めていると、加藤を玄関まで送っていった木下が戻ってきた。

見ると、黒い紙袋を手にしている。

「それは？」

「とらやの羊羹みたいですね」

「とらや？　なんでそんなものを……」

「加藤先生、手土産持ってきたんだけど出すタイミングがなかったからって、下で」

「へえ〜。若いのによく気がつく人だったねえ……」

「それよりどうするんですか、明日の最終会議。九時ですよ？」

「出るよ」

「出るのはわかってますよ。でも肝心のものが何にもないんですよ。何持ってくんですか？」

「いや、だからさ、それをこれからこしらえようよ」

「これから？」

「いいから。パソコン立ち上がってんだろ、とにかく前に座って」

「え？」

「いいから早く」

木下がしぶしぶ座り、ワープロソフトを開く。池本はその後ろに立った。

「さあ今から言うことを、大きな字で打っちゃってくれい」

そして池本は大きく息を吸い込み、朗々と声を発した。

「最終報告。伊能忠敬なる人物、ドラマに収まるほど、小さき人間ではなかった！」

カタカタと打ち終え、ぽかんとその文字を見つめる木下の顔に、笑みが浮かんでいく。

池本は気づいていない。

「以上！　……木下、これどう？」

くるりと木下が椅子ごと振り向く。

「主任！」

そして右手の親指をぐいっと突き上げた。

「グッジョブ！」

本書は二〇一一年初演の立川志の輔の新作落語「大河への道―伊能忠敬物語―」を小説にしたものである。落語のストーリーに忠実に添いつつ小説として体裁を整えた。

協力　森下佳子
2022「大河への道」フィルムパートナーズ

大河《たいが》への道《みち》

二〇二三年 三 月一〇日 初版印刷
二〇二三年 三 月二〇日 初版発行

原　作　立川志《たてかわし》の輔《すけ》
執筆協力　長谷《はせ》川《がわ》康夫《やすお》／飯田《いいだ》健三郎《けんざぶろう》
発行者　小野寺優
発行所　株式会社河出書房新社
〒一五一―〇〇五一
東京都渋谷区千駄ヶ谷二―三二―二
電話〇三―三四〇四―八六一一（編集）
〇三―三四〇四―一二〇一（営業）
https://www.kawade.co.jp/

ロゴ・表紙デザイン　粟津潔
本文フォーマット　佐々木暁
本文組版　KAWADE DTP WORKS
印刷・製本　中央精版印刷株式会社

Printed in Japan ISBN978-4-309-41875-9

伊能忠敬の日本地図

渡辺一郎　41812-4

16年にわたって艱難辛苦のすえ日本全国を測量した成果の伊能図は、『大日本沿海輿地全図』として江戸幕府に献呈された。それからちょうど200年。伊能図を知るための最良の入門書。

伊能忠敬　日本を測量した男

童門冬二　41277-1

緯度一度の正確な長さを知りたい。55歳、すでに家督を譲った隠居後に、奥州・蝦夷地への測量の旅に向かう。艱難辛苦にも屈せず、初めて日本の正確な地図を作成した晩熟の男の生涯を描く歴史小説。

辺境を歩いた人々

宮本常一　41619-9

江戸後期から戦前まで、辺境を民俗調査した、民俗学の先駆者とも言える四人の先達の仕事と生涯。千島、蝦夷地から沖縄、先島諸島まで。近藤富蔵、菅江真澄、松浦武四郎、笹森儀助。

志ん生のいる風景

矢野誠一　41661-8

昭和の大名人・志ん生。落語会の仕掛け人として付き合いのあった著者による書き下ろし名著。その強烈な「自我」がもたらす圧倒的な藝の魅力が伝わる。

花は志ん朝

大友浩　40807-1

華やかな高座、粋な仕草、魅力的な人柄——「まさに、まことの花」だった落語家・古今亭志ん朝の在りし日の姿を、関係者への聞き書き、冷静な考察、そして深い愛情とともに描き出した傑作評伝。

世の中ついでに生きてたい

古今亭志ん朝　41120-0

志ん朝没後十年。名人の名調子で聴く、落語の話、芸談、楽屋裏の話、父志ん生の話、旅の話、そして、ちょっといい話。初めての対談集。お相手は兄馬生から池波正太郎まで。

時代劇は死なず！　完全版

春日太一　41349-5

太秦の職人たちの技術と熱意、果敢な挑戦が「新選組血風録」「木枯し紋次郎」「座頭市」「必殺」ら数々の傑作を生んだ——多くの証言と秘話で綴る白熱の時代劇史。春日太一デビュー作、大幅増補・完全版。

異形にされた人たち

塩見鮮一郎　40943-6

差別・被差別問題に関心を持つとき、避けて通れない考察をここにそろえる。サンカ、弾左衛門から、別所、俘囚、東光寺まで。近代の目はかつて差別された人々を「異形の人」として、「再発見」する。

江戸の都市伝説　怪談奇談集

志村有弘〔編〕　41015-9

あ、あのこわい話はこれだったのか、という発見に満ちた、江戸の不思議な都市伝説を収集した決定版。ハーンの題材になった「茶碗の中の顔」、各地に分布する飴買い女の幽霊、「池袋の女」など。

江戸の牢屋

中嶋繁雄　41720-2

江戸時代の牢屋敷の実態をつぶさに綴る。囚獄以下、牢の同心、老名主以下の囚人組織、刑罰、脱獄、流刑、解き放ち、かね次第のツル、甦生施設の人足寄場などなど、牢屋敷に関する情報満載。

吉原という異界

塩見鮮一郎　41410-2

不夜城「吉原」遊廓の成立・変遷・実態をつぶさに研究した、画期的な書。非人頭の屋敷の横、江戸の片隅に囲われたアジールの歴史と民俗。徳川幕府の裏面史。著者の代表傑作。

完全版 名君 保科正之

中村彰彦　41443-0

未曾有の災害で焦土と化した江戸を復興させた保科正之。彼が発揮した有事のリーダーシップ、藤元会津藩に遺した無私の精神、知足を旨とした暮し、武士の信念を、東日本大震災から五年の節目に振り返る。

天下分け目の関ヶ原合戦はなかった

乃至政彦／高橋陽介　41843-8

石田三成は西軍の首謀者ではない！家康は関ケ原で指揮をとっていない！小早川は急に寝返ったわけではない！…当時の手紙や日記から、合戦の実相が明らかに！ 400年間信じられてきた大誤解を解く本。

戦国の日本語

今野真二　41860-5

激動の戦国時代、いかなる日本語が話され、書かれ、読まれていたのか。武士の連歌、公家の日記、辞書『節用集』、キリシタン版、秀吉の書状……古代語から近代語への過渡期を多面的に描く。

戦国廃城紀行

澤宮優　41692-2

関ヶ原などで敗れた敗軍の将にも、名将はあり名城を築いた。三成の佐和山城から光秀の坂本城まで、十二将十三城の歴史探索行。図版多数で送る廃城ブームの仕掛け人の決定版。

完全版　本能寺の変　431年目の真実

明智憲三郎　41629-8

意図的に曲げられてきた本能寺の変の真実を、明智光秀の末裔が科学的手法で解き明かすベストセラー決定版。信長自らの計画が千載一遇のチャンスとなる⁉　隠されてきた壮絶な駆け引きのすべてに迫る！

天下奪回

北沢秋　41716-5

関ヶ原の戦い後、黒田長政と結城秀康が手を組み、天下獲りを狙う戦国歴史ロマン。50万部を超えたベストセラー〈合戦屋シリーズ〉の著者による最後の時代小説がついに文庫化！

東国武将たちの戦国史

西股総生　41796-7

応仁の乱よりも50年ほど早く戦国時代に突入した東国を舞台に、単なる戦国通史としてだけではなく、戦乱を中世の「戦争」としてとらえ、「軍事」の視点で戦国武将たちの実情に迫る一冊。

秘文鞍馬経

山本周五郎　41636-6

信玄の秘宝を求めて、武田の遺臣、家康配下、さらにもう一組が三つ巴の抗争を展開する道中物長篇。作者の出身地・甲州物の傑作。作者の理想像が活躍する初文庫化。

信玄忍法帖

山田風太郎　41803-2

信玄が死んだ⁉　徳川家康は真偽を探るため、伊賀忍者九人を甲斐に潜入させる。迎え撃つは軍師山本勘介、真田昌幸に真田忍者！　忍法春水雛、煩悩鐘、陰陽転…奇々怪々な超絶忍法が炸裂する傑作忍法帖！

外道忍法帖

山田風太郎　41814-8

天正少年使節団の隠し財宝をめぐって、天草党の伊賀忍者15人、由比正雪配下の甲賀忍者15人、大友忍法を身につけた童貞女15人による激闘開始！怒濤の展開と凄絶なラストが胸を打つ、不朽の忍法帖！

忍者月影抄

山田風太郎　41822-3

将軍の妾を衆目に晒してやろう。尾張藩主宗春の謀を阻止せんと吉宗は忍者たちに密命を下す！氷の忍者と炎の忍者の洋上対決、夢を操る忍者と鏡に入る忍者の永劫の死闘など名勝負連発、異能バトルの金字塔！

柳生十兵衛死す　上

山田風太郎　41762-2

天下無敵の剣豪・柳生十兵衛が斬殺された！　一体誰が彼を殺し得たのか？　江戸慶安と室町を舞台に二人の柳生十兵衛の活躍と最期を描く、幽玄にして驚天動地の一大伝奇。山田風太郎傑作選・室町篇第一弾！

柳生十兵衛死す　下

山田風太郎　41763-9

能の秘曲「世阿弥」にのって時空を越え、二人の柳生十兵衛は後水尾法皇と足利義満の陰謀に立ち向かう！『柳生忍法帖』『魔界転生』に続く十兵衛三部作の最終作、そして山田風太郎最後の長篇、ここに完結！

婆沙羅／室町少年倶楽部

山田風太郎 41770-7

百鬼夜行の南北朝動乱を婆沙羅に生き抜いた佐々木道誉、数奇な運命を辿ったクジ引き将軍義教、奇々怪々に変貌を遂げる将軍義政と花の御所に集う面々。鬼才・風太郎が描く、綺羅と狂気の室町伝奇集。

室町お伽草紙

山田風太郎 41785-1

足利将軍家の姫・香具耶を手中にした者に南蛮銃三百挺を与えよう。飯綱使いの妖女・玉藻の企みに応じるは信長、謙信、信玄、松永弾正。日吉丸、光秀、山本勘介らも絡み、痛快活劇の幕が開く！

八犬伝　上

山田風太郎 41794-3

宿縁に導かれた八人の犬士が悪や妖異と戦いを繰り広げる雄渾豪壮な『南総里見八犬伝』の「虚の世界」。作者・馬琴の「実の世界」。鬼才・山田風太郎が二つの世界を交錯させながら描く、驚嘆の伝奇ロマン！

八犬伝　下

山田風太郎 41795-0

仇と同志を求め、離合集散する犬士たち。息子を失いながらも、一大決戦へと書き進める馬琴を失明が襲う――古今無比の風太郎流『南総里見八犬伝』、感動のクライマックスへ！

現代語訳 南総里見八犬伝　上

曲亭馬琴　白井喬二〔現代語訳〕 40709-8

わが国の伝奇小説中の「白眉」と称される江戸読本の代表作を、やはり伝奇小説家として名高い白井喬二が最も読みやすい名訳で忠実に再現した名著。長大な原文でしか入手できない名作を読める上下巻。

現代語訳 南総里見八犬伝　下

曲亭馬琴　白井喬二〔現代語訳〕 40710-4

全九集九十八巻、百六冊に及び、二十八年をかけて完成された日本文学史上稀に見る長篇にして、わが国最大の伝奇小説を、白井喬二が雄渾華麗な和漢混淆の原文を生かしつつ分かりやすくまとめた名抄訳。

現代語訳 義経記

高木卓〔訳〕 40727-2

源義経の生涯を描いた室町時代の軍記物語を、独文学者にして芥川賞を辞退した作家・高木卓の名訳で読む。武人の義経ではなく、落武者として平泉で落命する判官説話が軸になった特異な作品。

妖櫻記 上

皆川博子 41554-3

時は室町。嘉吉の乱を発端に、南朝皇統の少年、赤松家の姫、活傀儡に異形ら、死者生者が入り乱れ織り成す傑作長篇伝奇小説、復活！

妖櫻記 下

皆川博子 41555-0

阿麻丸と桜姫は京に近江に流転し、玉琴の遺児清玄は桜姫の髑髏を求める中、後南朝の二人の宮と玉璽をめぐって吉野に火の手が上がる……！　応仁の乱前夜を舞台に当代きっての語り手が紡ぐ一大伝奇、完結篇

安政三天狗

山本周五郎 41643-4

時は幕末。ある長州藩士は師・吉田松陰の密命を帯びて陸奥に旅発った。当地での尊皇攘夷運動を組織する中で、また別の重要な目的が！　時代伝奇長篇、初の文庫化。

異聞浪人記

滝口康彦 41768-4

命をかけて忠誠を誓っても最後は組織の犠牲となってしまう武士たちの悲哀を描いた士道小説傑作集。二度映画化されどちらもカンヌ映画祭に出品された表題作や「拝領妻始末」など代表作収録。解説＝白石一文

羆撃ちのサムライ

井原忠政 41825-4

時は幕末。箱館戦争で敗れ、傷を負いつつも蝦夷の深い森へ逃げ延びた八郎太。だが、そこには——全てを失った男が、厳しい未開の大地で羆撃ちとなり、人として再生していく本格時代小説！